時代小説

莫《ばく》連《れん》娘《むすめ》

首斬り浅右衛門人情控②

千野隆司

祥伝社文庫

目次

第一話　莫連娘《ばくれんむすめ》

一

夜空に猛火が吼《ほ》え立っていた。前からも後ろからも迫《せま》ってきて、自分を呑《の》み込もうとしている。巨大な獣《けもの》のようだと常次郎《つねじろう》は感じた。

真っ赤な炎の間から溢《あふ》れ出てくる黒煙と火の粉。木材が焼けるめらめらという音。そしてどこかの家屋が崩《くず》れ落ちてゆく地響き。それらが、ごく間近に聞こえた。もう、人の叫《さけ》び声は聞こえない。逃げられる者は、すでに逃げ出した後だった。

黒い着物の尻《しり》をはしょり、黒手拭《てぬぐ》いで頬被《ほおかむ》りをした常次郎は、黒足袋《たび》に草鞋《わらじ》履《ば》きである。ほんの少し前に、目に付いた水瓶《みずがめ》から全身に水を被っていた。だが瞬《また》く間に乾いてゆく。息継ぎさえも、満足にできなかった。大きく息を吸うと、熱気と煙が体の中にまで入ってくる。

目に涙が溜まった。体中が熱い。飛んでくる火の粉を、何度も両手で払った。衣服が焦《こ》げ、皮膚を焼いてくる。

すぐ近くの、炎を纏《まと》い火の粉を噴《ふ》き出している太い柱が、強い軋《きし》み音を立て揺れていた。建物が崩れ落ちるのは、時間の問題だ。

逃げ道は炎と炎の間、その一箇所しかなかった。商家の広い土間で、出口に通じている。常次郎を含めた四人の黒装束《しょうぞく》の男たちは、そちらへ向かう。しかしなかなか進まない。

そのうちの一人の男が、千両箱を担《にな》っているからだ。並々ならぬ重さである。担っているのは屈強な男だが、それでも体がふらつく。この男をおいて、逃げるわけにはいかなかった。

「まっ、待ってくれ」

かすれた叫び声が、しんがりをゆく常次郎の後ろから追ってきた。寝巻き姿の三十前後の男だ。猛火に包まれ焼け落ちようとしている酒問屋の番頭である。寝巻きの裾《すそ》と袂《たもと》に焼け焦げがあった。はだけた胸には刃物傷があって、血が滲《にじ》み出ている。目が引《ひ》き攣《つ》っていて、必死の形相《ぎょうそう》だ。

番頭は、四人の賊《ぞく》の最後にいた常次郎に、後ろからむしゃぶりついた。渾身《こんしん》の力が籠《こも》っている。小柄な常次郎の体がぐらついた。

「は、放しやがれ」

振りほどこうとしたが、びくともしない。すぐ近くで、どどっと建物の崩れる大きな音と激しい地響きが起こった。炎の流れが変わっている。地響きのあった方向から、火の粉が飛んできた。仲間の三人は、振り向きもせずに進んでゆく。番頭のかすれた叫び声など耳に入らなかったようだ。

常次郎は逆上した。ただ一人、猛火の中に取り残されると感じたからである。

両足を踏ん張った。そして懐《ふところ》に呑んでいた匕首《あいくち》を抜いた。盗みに入るにあたって、仲間たちは手向かいする者を殺傷したが、常次郎だけはそれをしなかった。盗賊の仲間には入ったが、人を傷付けることが怖ろしかったからだ。

しかし今は、恐怖など感じなかった。ただ夢中だった。

背後からしがみついてくる男の体に、匕首を突き刺した。どこを刺したかなどは分からない。離れないので、何度も刺しなおした。

呻《うめ》き声は聞こえなかった。轟《とどろ》きわたっている炎と材木の爆《は》ぜる音だけが、耳に入っていた。

しがみついていた体が、やっと離れた。

常次郎は、先に行った仲間を追いかけた。刺した男を振り向いて見るゆとりはなかった。走りながら、匕首を懐の鞘《さや》に押し込んだ。

煙火が目の前を塞《ふさ》いでいる。覚えず煙を吸い込んで噎《む》せ返った。だが立ち止まることはできない。背後にも炎が迫っていた。被っていた手拭いをはずして、鼻に当てた。濡《ぬ》らしたはずの手拭いは、すっかり乾いていた。

「くそっ」

火の中に飛び込んだ。他に逃げる場所は見当たらなかった。建物の間取りは、頭の中に入っている。

熱いとは感じなかった。炎の中を掻《か》い潜《くぐ》ると、冷気が流れ込んできているのを感じた。はっとして目を凝《こ》らすと、炎と炎の間に闇があって、その中に仲間が紛《まぎ》れて行くのが見えた。

「待ってくれ」

何かに蹴躓《けつまず》いて、たおれそうになった。手をつく場所はない。走りながら体勢を立て直した。

建物の出入り口が見えた。やっとの思いで外へ出たとき、仲間に追いついた。

しかし外へ出ても、周囲は炎で一杯だった。建物という建物が、火に包まれていた。かなり遠くから、激しく半鐘《はんしょう》が響いているのが聞こえてくる。

夜半、盗みに入ったときには、もうすでに火はこの霊岸島《れいがんじま》にも飛び移っていた。逃げ惑《まど》う人々の姿があり、かえって好都合だと考えた。手筈通りに、かねてから目をつけていた難波屋《なにわ》という酒問屋へ押し込んだ。島を貫く新川河岸《しんかわがし》に並ぶ大店《おおだな》の一つである。

この店からも、もちろん火の手は上がっていた。主人の一族や奉公人たちは、逃げることに夢中になっていた。しかし、若主人に気付かれ、手向かいされたため頭《かしら》が若主人を刺し殺した。絶叫が上がったが、猛火はその声を掻き消した。若主人が持っていた鍵で閉じられていた金蔵を開くことができたのである。

物音を気にする必要はなかった。手早く千両箱を運び出した。

「長居は無用ですぜ」

周囲を見回しながら、朋蔵《ともぞう》という仲間の一人が頭に向かって言った。

重厚な酒問屋の建物が並ぶ河岸の道だが、その建物のすべてが猛火を放っている。土手の小屋や道に置かれたままの荷物、堀端の柳の木も燃えていた。やっとのことで猛火から這《は》い出したらしい人間が、倒れている。煙を吸い込みすぎて動けなくなったのかもしれない。

掘割の水にも、炎が赤々と揺れて猛《たけ》り狂っていた。その揺れる赤い水面の中に、黒い溺死者《できししゃ》の姿がいくつも浮かんで見えた。

船着場はあるが、舟の姿は一艘《いっそう》も見当たらなかった。いつもならば何艘も舫《もや》われているが、すでに避難のために漕《こ》ぎ出されてしまったらしかった。

「ここからは、やはり別々になるしかないな」

「へい。そうしましょう」

頭の言葉に、朋蔵が頷《うなず》いた。千両箱を担った男は、黙ったまま頭を見詰めている。

逃走用の小舟は、実は堀端の陰に隠してあった。河岸の海際のはずれにある堰《せき》の裏手で、陸からは見えない。

しかしその舟はいかにも小振りで、人二人と重い千両箱を載せれば、それで漕ぎ出せるぎりぎりの重量だ。

「うまく逃げおおせろ」

そういい残すと、頭と千両箱を担った男が乗り込んだ。櫓《ろ》音が響くと、瞬く間に闇の海の中に消えた。

「おれたちも、別々だ」

「は、はい」

朋蔵は懐から、小判一枚を取り出すと常次郎に手渡した。

「仕事の分け前は後だ。この金は、当座の暮らしの金だ。派手には使うな」

念を押すように言った。常次郎が盗人《ぬすっと》の仲間に入ったのは、この男の誘いがあったからである。

常次郎は一年前までは、畳《たたみ》職人の親方だった父親のもとで、いっぱしの職人として働いていた。けれども父親が借金の保証人になったことから、一家の転落が始まった。背負わされた借財は雪だるまのように膨《ふく》らんで、家屋敷を失った。母親は気鬱《きうつ》も重なって病死し、父親は首を括《くく》って亡くなった。

莫大《ばくだい》な借財は、家屋敷を売り払っても返しきれなかった。常次郎には、祝言《しゅうげん》を挙げて一年もたたない恋女房のお咲《さき》がいたが、これも女衒《ぜげん》の手に奪われてしまった。今は小石川護国寺《こいしかわごこくじ》門前の音羽町《おとわちょう》にある女郎《じょろう》屋で、濃い紅白粉《べにおしろい》を塗《ぬ》って働かされている。

盗賊の一味に加わったのは、何としても苦界《くがい》に身を沈めたお咲を、請《う》け出《だ》したいがためであった。お咲は三つ年下の二十一で、ふた親がない。救いの手を差し伸べてやる者は、他にいなかった。

朋蔵が話を持ち込んできたときには、一も二もなく引き受けた。捕らえられれば死罪は免《まぬが》れないが、他に手立てがなかったからである。

盗賊らが目をつけてきたのは、盗みに入る霊岸島の酒問屋難波屋の建物内を常次郎が熟知しているからだった。難波屋では、もう何年にもわたって、常次郎が父親と共に畳替えを行なっていた。主人の部屋から客間、奉公人の部屋まですべてやってきた。仕事場はいつも店の裏庭で、土蔵や酒樽《さかだる》を収めておく蔵の場所なども詳細に頭に叩き込まれていた。

「では行くぞ」

風が強まって、河岸にも火の手が噴き出してきている。今にも衣服が燃え出しそうだ。

朋蔵は着物を脱ぎ捨てると、下帯一つになった。掘割の水に飛び込むつもりだ。

「ちょ、ちょっと待ってくれ」

常次郎は慌《あわ》てて声をかけた。

「何だ」

朋蔵は苛立《いらだ》たしそうに振り返った。

「あの約定《やくじょう》は、忘れてはいないな」

「約定だと」

「そうだ。おれたちの誰かが捕らえられ、たとえ死罪になることになっても、仲間のことは一切漏《も》らさない。これを守れば、分け前は残された身内の者に渡るという約定だ」

「もちろんだ。忘れるわけがねえ」

「ならばもしおれが捕らえられたならば、分け前でおれの女房を請け出し、残りの金を持たせてやってくれ。頼む」

「分かった。お安い御用《ごよう》だ」

言い終わらぬうちに、朋蔵は水に飛び込んだ。泳ぎの達者な男だった。みるみる土手から離れていった。

一人残された常次郎は、あたりを見回した。角材か板切れのようなものがないかと探《さが》したのである。泳ぎは得意ではなかった。何か摑《つか》まるものがあれば、助かると思ったのである。

八丁堀《はっちょうぼり》あたりも燃えている。日本橋《にほんばし》近辺から出た火は、北西からの風で霊岸島から築地《つきじ》の方向へ燃え移っていた。逃げるならば大川《おおかわ》の川上がいいだろうと判断した。

しかし……。人の体を支えられそうな、角材や板切れなど落ちてはいない。火の手はますます大きくなっている。

常次郎は覚悟を決めた。自分もとにかく泳いで、島から脱出しようと考えたのだ。

着物の帯を解こうとしたとき、人の呻き声が耳に入った。炎の轟音《ごうおん》の中で、今にも消えてしまいそうな微《かす》かな声だが、女のものである。

「助けて」

と言っている。我知らず、声のしたあたりへ近寄った。河岸の石灯籠《いしどうろう》の陰である。若い女が横たわっていた。

泥だらけの着物で、裾が焼け焦げている。崩れた髪や擦《す》り傷のある顔にも、泥《どろ》や煤《すす》がついていた。血も滲んでいる。そして焦点の合わない目が、こちらに向いていた。

「どうした」

常次郎は抱き起こした。

「ううっ」

娘の口から、呻き声が漏れた。幼げな顔が歪《ゆが》んでいる。目には怯《おび》えがあった。足に大きな火傷《やけど》をしているのに気がついた。歩くことはもちろん、立ち上がることもできないのだ。

「た、助けて」

二の腕を掴まれた。強い力だった。

「よし、分かった」

我が身一つでさえ、どうしてよいか思案に迷っていた。この上、怪我《けが》をした娘を連れてどうなるわけもなかったが、ともあれ担ぎ上げた。そのままにすれば、焼け死ぬだけである。

よろよろと歩いた。ぐったりとした娘の体は、思いがけず重かった。足を踏み出すたびに小さな呻き声を上げた。火傷だけではないらしい。小舟を隠していた掘割のはずれの堰へ戻った。火の勢いはさらに増し、もうここしか身を置ける場所はなかった。

娘を担ったまま、海に飛び込むか……。そこまで考えた。

耳元に、荒い息遣いが聞こえる。この娘を助けられなければ、お咲を苦界から救い出すことはできない。そんな気さえした。

と、そのときである。いきなり男の胴間声《どうまごえ》が、海上から櫓音と共に聞こえた。提灯《ちょうちん》が灯《とも》されている。

「おい。逃げ遅れだな。この舟に乗れ」

思いがけない近さだった。救助に回ってきた舟である。五、六人の男女がすでに乗っていたが、まだ一、二名ならば乗り込めそうな空きがあった。

常次郎は、娘を舟に押し込んだ。だがその直後、自分が舟に乗り込むかどうか迷った。返り血を浴びている。懐からは、血の付いた匕首が覗《のぞ》いていた。

心の臓が凍りついた。

「おい。お前は」

船中の胴間声が、驚きを含んでいた。大きな声になっている。

「こいつ、火事場泥棒じゃねえか」

違う声も聞こえた。常次郎は水に飛び込もうとしたが、伸びてきた腕で着物の襟首を摑まれた。もがいたが、いっかなはずれない。舟の中に引《ひ》き摺《ず》り込まれた。

安政《あんせい》五年（一八五八）
二月十日、朝より北風烈《はげ》しかりしが、日暮れてより少しく鎮《しず》まりぬ。然《しか》るに戌刻安《いのこくあん》針町《じんちょう》長浜町《ながはまちょう》二丁目の境、魚店の納屋より火出《いで》て一時に焼け広ごり……霊岸島東湊《ひがしみなと》町《ちょう》に至り、佃島《つくだじま》へ飛んで住吉社《すみよししゃ》も焼けたり。……翌十一日巳《み》半刻に鎮まる。町数八十五町、長さ延十八町余、幅平均して四町程なり。
『武江年表《ぶこうねんぴょう》』

二

森閑《しんかん》とした屋敷内に、蟬《せみ》の音が響いている。じめじめしていた梅雨《つゆ》もようやく明けた気配だが、からっと晴れる日はまだなかった。冷夏《れいか》の気配がある。蟬の音も、心なしか心細げだ。

廊下を歩いていた山田浅右衛門《やまだあさえもん》七代吉利《よしとし》は、庭の一隅に金糸梅《きんしばい》が黄色い五弁の花を咲かせているのに気がついた。おやと思って立ち止まる。

多数の雄蕊《おしべ》が五束に分かれ、そのつやつやした花弁に貼りつくように咲くさまが美しい。昨年亡くなった妻の志乃《しの》が、好きだった花である。

いつもよりも、咲く時季が遅い。いつになったら咲くのかと、心待ちにしていた。

「もう一周忌になるな」

吉利は呟《つぶや》いた。菩提寺《ぼだいじ》で行なう法事の日が近づいている。生前の志乃の面影《おもかげ》が、また脳裏《のうり》に蘇《よみがえ》った。日に何度となく思い浮かべる顔だ。

志乃は病など欠片《かけら》も感じさせない健康な体の持ち主だったが、四男の真吉《まさよし》を産んでから産後の肥立《ひだ》ちが悪く、起き上がることができなくなった。医者に診《み》せたが、原因が分からない。驚くほどの高熱が続き、みるみる体が痩《や》せ衰《おとろ》えていった。

吉利は神にも祈る気持ちで快癒《かいゆ》を願ったが、半年ほど寝込んだ後、昨年の六月初めに亡くなった。

胸の中に、ぽっかりとした空洞《くうどう》ができている。それはこの一年間埋まることはなく、吉利は鬱々《うつうつ》とした日々を過ごしていた。

後添《のちぞ》えを得ることを勧める声が、近頃とみに増えてきている。しかしとてもその気にはなれないでいた。

手にしていた数珠《じゅず》を握りなおすと、吉利は仏間に入った。朝の読経《どきよう》をするためにである。仏間は屋敷の奥にあった。

幅二間の仏壇は、観音《かんのん》開きの扉が左右にそれぞれ三枚折りになっている。これを開くと、中央には高さ四尺二寸の不動明王《ふどうみようおう》が安置されていた。降魔《ごうま》の利剣《りけん》を構えた憤《ふん》怒《ぬ》の赤銅《しやくどう》像である。その不動明王の右隣には、幅五寸高さ二尺の位牌《いはい》があり、黒漆《くろうるし》地《じ》に金泥《きんでい》で『山田家累代《るいだい》之霊』と書かれてあった。

吉利は、燭台の蠟燭《ろうそく》に火を灯す。すると金箔《きんぱく》で塗り囲まれた仏壇の内壁が、静かにその光を跳ね返した。

山田家累代の位牌の脇に、小振りだが真新しい位牌が置かれている。毎朝毎晩、吉利はその位牌を眺めるが、これが今はない志乃の位牌だった。

瞑目合掌《めいもくがつしよう》して、妙法蓮華経《みようほうれんげきよう》の一節を唱える。志乃の成仏と、今日一日の安寧《あんねい》を願うのであった。

吉利はこの仏間を出た後、嫡子《ちやくし》の吉豊《よしとよ》と数名の弟子を伴って、小伝馬町《こでんまちよう》の牢《ろう》屋敷へ出向かなくてはならない。三名の罪人の斬首《ざんしゅ》を行なうと知らせがあった。安寧などあろうべくもないことは、それだけで分かる。だがそれでも願わずにはいられなかった。

吉利は、十五の歳から斬首の役目を負い、以来三十数年、これを続けてきた。罪人は真に極悪な者だけとは限らない。僅《わず》かな心得違いのために、大罪を犯してしまった善良な者も少なくない。恨《うら》みも憎《にく》しみもない初めてあいまみえる者の首を、斬《き》り落としてきたのである。

最初にこの役を執《と》り行なったとき、吉利は見事に一刀のもとに罪人の首を斬り落とした。しかしその直後、激しい嘔吐《おうと》感に襲《おそ》われた。そして自分でも気付かぬうちに、小便を漏らしていた。強い呵責《かしゃく》が我が身を襲ったのである。

斬首を目前にして、平静でいられる科人《とがにん》はいない。命を失くすことへの怖れと、この世への執着は、どのような極悪人にもある。捕り縄《なわ》を掛けられ、体を押さえつけられた彼らは、逃げることも歯向かうこともできない。斬首の執行は、まさにその最期《さいご》のあがきの場面と対峙《たいじ》しながら行なわれることになる。

もともと死罪と決まった者の斬首の執行は、牢屋同心の役目だった。しかし生身の首を一刀のもとに斬り落とすためには、並々ならぬ技量が求められる。二代浅右衛門吉時《よしとき》が当主になったときには、首斬りの代役が慣例となっていた。

　山田家の本来の職分は、徳川《とくがわ》家の『御佩刀御試御用《ごはいとうおためしごよう》』といわれるものである。身分は浪人《ろうにん》だが、将軍家の刀の斬れ味を試すのが役割であった。今では将軍家だけでなく、大名や大身旗本、財ある商家の主人などが持つ刀剣の鑑定や試刀も行なった。

　今になってみれば、斬首をしたからといって、にわかに尿意を感じることもないし、嘔吐感を覚えることもなくなっている。しかし何人の首を斬ろうと、この職に慣れることはなかった。

　斬首のために牢屋敷へ出向くとき、吉利も吉豊も、そして伴ってゆく門弟たちも、一言も言葉を発しない。まるで葬列《そうれつ》のようだった。

　罪人の最期の呻き声。斬り落としたときの手応《ごた》え。血のにおい。そのすべてが、日を重ねることで体に染み込んできた。

　吉利はそれを、我が身の穢《けが》れだと感じていた。

　この穢れを祓《はら》い、心に積もる屈託《くったく》を癒《いや》してくれるものは、この世に一つしかなかった。志乃と語らい交わることだけが、救いだったのである。病に臥《ふ》した後は、もちろん交わることはできなくなった。しかし側にいて語らい、体温を感じることができればそれで救われた。

けれども、今の吉利にはそれがない。

「父上、出立《しゅったつ》の刻限となりました」

廊下から、吉豊の声が聞こえた。張りのある若々しい声だ。

「うむ」

吉利は立ち上がった。声をかけられなければ、いつまでも仏間に座り込んでいたかもしれない。

廊下を歩いてゆくと、吉豊が背後からついてくる。身長は何年も前に、父親をこえていた。志乃は自分に先立ってこの世から去っていったが、四人の男児を遺《のこ》していってくれた。

嫡子の吉豊は今年二十歳《はたち》になった。堅物《かたぶつ》で一途《いちず》な気性である。剣の腕前は父親譲《ゆず》りであった。今では斬首を代行することも珍しくない。牢屋敷へは必ず随行《ずいこう》するようになった。命じたのではなく、自ら供をしたいと申し出てきたのである。最初の斬首は、吉利と同じ十五歳のときだった。蒼《あお》ざめた顔で刀を握り、一刀のもとに首を刎《は》ね落とした。そしてその直後に嘔吐した。

学問好きである。道場での稽古《けいこ》を終えると、外出することはめったになく、部屋で書を読んで過ごすことが多かった。気の合う門弟と談笑するという姿を見かけることもなかった。

次男の在吉《ありよし》は十八歳。荒っぽい性格だが好漢である。お喋《しゃべ》り好きで、稽古の後は親しい同年代の門弟とよく町へ繰《く》り出していく。

剣の腕前では、やや兄に劣《おと》った。最初の斬首では、しくじって四度まで刀を振り直し、どうにか罪人の首を皮一枚残して斬り落とすことができた。だが父や兄のように、吐いたりすることはなかった。

三男の吉亮《よしふさ》はまだ五歳にしかならないが、剣の腕前では兄らを凌《しの》ぐ天稟《てんぴん》の才の萌芽《ほうが》を示していた。多くの門弟たちは自らの踏み込みの前に、吉亮に打ち込まれる虞《おそれ》を感じると供述する。五歳にして、剣捌《けんさば》きに常人にはない鋭さが籠っているのだ。

そして四男の真吉は、乳を飲むこともないままに母を喪《うしな》ったが、乳母の手で天真爛漫《てんしんらんまん》に育てられていた。玩具《おもちゃ》は短い竹刀《しない》である。

四人の兄弟たちは、仲がよかった。子らの成長は、今では吉利にとって、何ものにも代えがたい喜びとなった。これは志乃のお陰であった。

屋敷を出る前に、内弟子の一人を呼んだ。仏間に、庭の金糸梅を手折《たお》って活《い》けるように命じたのである。

三

牢舎と練塀《ねりべい》に囲まれた三百坪ほどの土地は丹念《たんねん》な掃除がなされ、塵《ちり》一つ落ちていない。空を厚い雲が覆《おお》っている。照りつける強い日差しも嫌だが、晴れ間の少ない不順な天候は気持ちを塞《ふさ》がせる。

小伝馬町牢屋敷内にある刑場に、吉利は入った。塀ぎわの日当たりのよくない位置に、何本かの灌木《かんぼく》があるきりで、他に装飾らしいものは何もない。殺風景《さっぷうけい》なこの場所で、まだ生きながらえることができたはずの何百という命が失われてきた。

この土地のはずれに、横四尺（約一・二メートル）、縦長の深さ一尺の穴が掘ってある。底には真新しい藁筵《わらむしろ》が敷いてあった。斬首された体から噴き出る血を受ける血溜めの穴であった。

新しい筵が敷いてあっても、穴の土には、数多《あまた》の血が染み込んでいる。そのにおいは消えることがなかった。

数匹の銀蠅《ぎんばえ》が羽音を立てて飛んでいた。

血溜め穴の手前には、空き俵《だわら》が広げられている。斬首される科人が生きて腰を下ろす、最後の場所だ。ここを土壇場《どたんば》と呼んだ。

股引法被《ももひきはっぴ》姿の初老の牢屋下男《しもおとこ》が、水の入った手桶《ておけ》を空き俵の脇に置いた。斬首を行なう刀剣に水をかけるためにである。

吉利はこの手桶のある場所に移り、立ち止まった。ここで袴《はかま》の股立《ももだ》ちを取り、襷《たすき》をかけた。やや離れた所で吉豊と門弟らが片膝を地について待機している。

刑場を見晴らせる検視場の建物の中に、牢屋奉行《ぶぎょう》の石出帯刀《いしでたてわき》、牢屋見回り、検視与力の面々が次々に現れて、土間に置かれた床几《しょうぎ》に腰を下ろした。

そよとも風はない。曇天《どんてん》の刑場で、処刑が始まろうとしていた。

刑場のはずれ、埋門《うずくみもん》の向こうから、人の歩いてくる足音が聞こえた。受刑人が切り縄を掛けられ、屈強な体つきの下男に引き立てられて刑場に入ってくる。早朝牢から呼び出され、閻魔《えんま》堂と呼ばれている牢庭改め番所で、検視役の町奉行所与力から斬首執行の言い渡しを受けていた。

吉利は息を呑み込んだ。緊張する一瞬である。すでに受刑人は、半紙を二つに切った目隠しの面紙《めんがみ》を藁《わら》で額に縛られていた。だから顔を見ることはできない。その見も知らぬ人物の首を、これから刎ねなければならないのだった。

体が揺れて見えた。小柄な男である。白い面紙が妙に鮮《あざ》やかに見えた。

今年の二月に、日本橋安針町と長浜町の境にある魚屋の納屋から出火して、一万五千軒の家屋を焼くという大火があった。折から北西の烈風が吹き、瞬く間に日本橋川南河岸の町々を焼き尽くし、霊岸島から鉄砲洲《てっぽうず》、佃島にまで火の手が及んだ。

その火事騒ぎの中で、霊岸島の酒問屋難波屋へ押し込みを謀《はか》った盗賊がいる。店の者を殺傷し千両の金を奪ったのである。盗人は四人で、その内の一人だけが捕らえられた。常次郎という二十四になる畳職人だった。

「ひょっとしたら、手が掛かるかもしれませんね」

馴染《なじ》みの牢屋同心滝田五十五郎《たきたいそごろう》が、先刻顔を合わせた折に耳打ちをしてよこした。

常次郎は押し込みに関する吟味《ぎんみ》に際してかなりの拷問《ごうもん》を受けたが、とうとう仲間の名を漏らさなかった。犯した自らの犯行については、悔いもし正直に応《こた》えたが、その一点については頑《かたく》なだった。ところが四日前になって、態度がころっと変わったのである。

朋蔵という名の男に、唆《そそのか》されたと、新たな供述を始めたのである。

「命が惜しくなったのでしょう。斬首が近いと感じて、これを引き延ばすために、世迷言《よまいごと》を言い出したのかもしれません」

奉行所でも、早急に朋蔵なる人物を調べた。周辺に聞き込みを行ない、本人を大番屋へ収監した。拷問に近い問い質《ただ》しを繰り返したが、自白は得られなかった。また盗人と疑えるような何かが出てくることもなかった。

斬首は、予定通り執行されることになったのである。

面紙をつけた常次郎なる男は、縄を捉《と》えた三名の押さえ役に引き立てられて近づいてきた。足や腰はがくがくと震《ふる》えている。何もない地べたを歩いていても、何度も躓きそうになった。額から溢れ出る汗が、面紙を濡《ぬ》らしていた。顔は見えないが、耳元や首筋が紅潮《こうちょう》している。

しかしこの程度ならば、まだましだった。誰彼かまわず命乞《いのちご》いをしたり、泣き叫んだりする者。また興奮をあらわにして暴れる者。足腰が立たなくなる者。押さえ役を梃子《てこず》摺らせる受刑人は少なくなかった。

常次郎はしきりに何かを呟いていたが、聞き取ることはできなかった。土壇場に敷かれた空き俵に膝をついた。

押さえ役の一人が、小脇差《こわきざし》を抜いて首にかけてある喉輪の縄を切った。他の二人が、両腕を摑んで前に押し出す。

吉利は牢屋奉行の石出帯刀に一礼すると、土壇場に歩み出た。するとそのときだった。常次郎が強引に体の向きを変えようとした。全身の力を振り絞っている。押さえ役の二人が足を踏ん張り、両腕に力を籠めてもこれを阻止《そし》することができない。

「お、お願いでございます。山田様」

泣き声とも叫び声とも取れる言葉だった。吉利が近づくのを、待っていたかにも見えた。牢屋下男がさらに二人加わり、強引に体を地べたに押し付けた。口を動かす以外は何もできない状態になった。しかしそれでも体から力は抜けなかった。「お願いでございます」という悲壮な声を上げ続けていた。

「何だ」

低い声で吉利は応えた。

常次郎の命を、これから斬首という形で奪う。しかしこの男の、胸中の思いまで奪うことはできない。命乞いであろうと何であろうと、まずは聞いてやろうと思った。それが死に行く者に対してできる、ただ一つの餞《はなむけ》だからである。

常次郎の体から力が抜けた。話を聞いてもらえると、気がついたようだ。

「押し込みを働き人を刺した私は、命を奪われても仕方がないと思っています。ですが一つだけ、心残りがあります」

「手短に申してみよ」

吉利が言うと、押さえ役の下男たちは科人から離れた。これまでにも、こういうことはあった。話を聞いてやるだけで興奮が収まり、覚悟が定まることもある。

「あっしの女房お咲は、音羽の女郎屋へ売られています。仲間の名を言わなければ、朋蔵はこれを請け出してくれると言いました。だからあっしは、何をされても、口を割りませんでした。ところが四日前に、新たに入牢してきた男から、お咲は請け出されていないことを聞きました。捕らえられて、もう四月にもなるのにです」

「なるほど」

「朋蔵を捕らえてください。あいつは、錠前《じょうまえ》を開ける名人です。背後には武家の頭と家来がいます。そいつらもお願いいたします」

「承知した。調べてやろう」

「あ、ありがとうございます」

常次郎の体に、これまでには見られなかった落ち着きが表れた。

吉利が目で合図をすると、押さえ役の下男たちが戻ってきた。腕を取ると、常次郎は自ら首を前に差し出した。

刀を抜くと、吉利は刀身に水をかけた。その刀を振って水を切り、鞘に戻す。

そして刀の柄《つか》に右の掌《たなごころ》を広げてあてがった。手の指を、親指から人差し指、中指、薬指と順を追って押し当ててゆく。その指の動きにしたがって、口から「南無《なむ》、阿《あ》、弥《み》、陀《だ》、仏《ぶつ》」の念仏が漏れた。小指が柄に絡んだとき、刀は鞘走っていた。

「お咲っ」

叫び声を上げた首が、皮一枚を残して刎ねられた。噴き出した血は、血溜め穴に敷かれた藁筵を赤く染めた。

三件の斬首を済ませた吉利は、吉豊だけを残して門弟らを先に帰した。そして滝田五十五郎を同心詰所に訪ねた。

滝田は三十半ば、もう十年以上の付き合いである。酒好きで、時おり屋敷に招いて灘《なだ》の下り酒をたらふく飲ませてやった。豪放磊落《ごうほうらいらく》で裏表のない男だ。斬首の後、渋茶を馳走《ちそう》になりながら、四半刻（三十分）ほど世間話をするのが習慣になっていた。

「そうですか。やはり常次郎は、そういうことを言いましたか」

刑場での様子を伝えると、滝田は言った。

「どういう事情か、詳しく聞いてみたい」

「気になりますか」

「聞いた以上は、捨て置くわけにもゆくまい」

滞《とどこお》りなく斬首が済めば、それでよいとは考えていなかった。

死に際に、罪人はいろいろな言葉を漏らす。思いつきの出任せや、残る者を攪乱《かくらん》させるようなことをわざと言う者もいる。しかしあの言葉は、嘘《うそ》だとは思えなかった。話を聞いてやり承知したと応えてやった後、男の体から緊張や怖れが消えた。死の瀬戸際《せとぎわ》に立って本音を吐き出し、承諾《しょうだく》の返事を聞けたからこそだと考えられた。嘘や出任せを言っていたのでは、あの落ち着きは生まれない。

「朋蔵というのは、神田三河町《かんだみかわちょう》で小さな印判《いんばん》屋をやっている男です。歳は三十一になりますな。おたかという別嬪《べっぴん》の女房がいます」

常次郎からの申し出があったその日のうちから、町奉行所の隠密《おんみつ》方同心が密《ひそ》かに洗った。

朋蔵は手先の器用な男だというから、あるいは錠前を破る技能を持っているのかもしれなかった。けれども金遣いが荒いわけでも、悪辣《あくらつ》な何かをしでかすような者でもなかった。親の代からこの地に住まい、父親のもとで印判の修業をした。丁寧な仕事をすると評判もよかった。夫婦二人だけで住まい、奉公人は置いていない。

町の人々とも気さくに挨拶《あいさつ》をし、さまざまな寄り合いや祭礼、夜回りといった行事にもきちんと顔出しをしていた。二月の大火事の後も、町の者と共に被災者への炊《た》き出しに加わった。不審《ふしん》な点は、窺《うかが》えなかったのである。

「常次郎は初犯だったのだな」

「そう証言しています」

「なぜ朋蔵は、あの男を誘ったのか。そのあたりのことは、話していなかったのか」

「常次郎は日本橋久松町《ひさまつちょう》の裏店《うらだな》に住まっていましたが、生まれも育ちも神田三河町です。朋蔵とは同じ町内でしたから顔見知りだったそうです」

常次郎によると、借財で家屋敷を失い、女房まで失った直後、朋蔵は久松町の裏店まで訪ねてきたという。霊岸島の酒問屋難波屋の間取りを詳細に知っていること、また小柄で敏捷《びんしょう》な動きをすることが分かっていたので、仲間に入るように勧めてきた。頭やもう一人の仲間については、何も知らされなかった。

朋蔵だけが間に入って、さまざまな指図や連絡をしてきた。四人が顔を合わせたのは、盗みに入る直前だった。初めて見る二人について分かったことは武家だということだけで、住まいや名はもちろん、顔すらも見ることができなかった。どちらも頭巾《ずきん》で顔を覆っていたからである。向かい合って、話をすることもなかった。

「他に、仲間とおぼしい者はいなかったのだな」

「あの者が捕らえられたとき、怪我をした娘を連れていました。ですから初めは、盗人だとは誰も考えませんでした。懐に血の付いた匕首を呑んでいて、小判を持っていたことから、火事場で盗みをしてきた者だと知れました。それでも難波屋を襲った盗賊だと知れたのは、さらに後のことです」

逃げた難波屋の奉公人は、盗賊の一人の顔を覚えていた。手拭いを頰被りにしていたが、明るい炎の中では、顔がはっきりと分かったのである。畳職人の常次郎だと証言した。

連れていた娘は十七になるお新《しん》という者だった。脛《すね》と頰に火傷をしていたが、足の骨を折っていた。落ちてきた火柱の下敷きになったものらしい。

「盗賊の仲間ではなかったのか」

「お新は、霊岸島界隈《かいわい》に住む名うての莫連娘《ばくれん》でしてね。初めはそうだと誰もが考えました」

十名ほどのあばずれ娘とつるんで、強請《ゆす》りやたかり、かつあげや美人局《つつもたせ》、時には夜《よ》鷹《たか》まがいのことまで行なう、町の札《ふだ》付きなのだという。身につけていた着物は焼け焦《こ》げ汚れてはいたが、黄色地に大輪の花をあしらった、ごく派手な人目につくものだった。しかも脛が剝《む》き出しになるような、尋常な娘ならば絶対にしないような着方をしていた。

「盗人の仲間なら、そんな出《い》で立ちで押し込みの場近くにはいないでしょうね」

火事を知らせる最初の半鐘が鳴ったとき、屋台の田楽屋《でんがく》のじいさんに絡《から》んで、仲間と酒をたかっている姿を目撃した者がいた。吟味方与力は、お新を盗賊の容疑者の中から外した。もちろん常次郎も、仲間ではないと証言していた。

「ではなぜ、そのような者を助けたのだ。我が身一人が逃げれば良かったのではないか」

「泥と煤で汚れた顔が、ひどく幼く見えたということでした。そのままにはできない気持ちになったとも言っていました」

「なるほど、そういうことがないとは言えぬだろうな。金を盗み人を刺したとは言っても、あの男は根っからの悪党ではなさそうだからな」

「そうですね」

「ところで、厳しい詮議《せんぎ》をされても、盗人の仲間を売らなかったのは、女房を請け出したいがためだとあの男は言ったな。二人は、それほど好いて好かれる仲だったというわけか」

「そうらしいですな。お咲は、元は一膳飯屋《いちぜんめしや》の女中だった。それを常次郎が見初《みそ》めたということです。常次郎はそのときは、三河町の表通りに店を張る畳屋の若旦那《わかだんな》だった。身分違いでしたが親を説得して、同業の畳屋の養女ということにして嫁にもらったわけです」

「親戚筋は、反対したであろうな」

「もちろんです。借金の保証人になって苦境に陥《おちい》り、にっちもさっちも行かなくなったとき、親類たちは背を向けました。薄情《はくじょう》なようですが、そこには反対を押し切ってやった常次郎の祝言のこともあった模様です」

「なるほど、そこまでしても一緒になりたかったというわけだな。お咲は、常次郎にとって掛け替えのない女だったわけか。そんな恋女房を苦界に落としたのは、辛いことであっただろうな」

吉利は、捕り縄をかけられ土壇場に座した男の姿を思い起こした。苦界から救い出したい。すべてを失った男が、ただそれだけを考えて、盗賊の仲間に身を投じたのである。

ふと脳裏に、志乃の面影が浮かんだ。

常次郎と自分とでは、過ごしてきたこれまでの暮らし向きが異なる。置かれた状況にも大いなる懸隔《かけへだたり》があった。だが愛しい女を思う気持ちは、そう違いはしないのではないかと感じられた。

四

「私も、常次郎の言葉に、嘘はないと思います」

後ろからついてくる吉豊が吉利に言った。二人は小伝馬町から霊岸島に向かって歩いている。

吉豊は土壇場での常次郎の言葉を聞いていた。何も口には出さなかったが、同心詰所での滝田との話のときにも同席していた。

常次郎との約定を果たすために、まず当たっておかなくてはならない人物は、朋蔵とお新ということになる。町奉行所の隠密方同心が今も朋蔵を張っているということだが、吉利も己《おの》が目で見て、探ってみたいと考えたのである。

滝田と話した後は、特別な用事はなかった。まずはお新が住まう霊岸島へ行ってみることにした。

「その方は、屋敷へ戻るがよい」

科人三名のうちの一人を、吉豊は斬首していた。早く解放してやろうと考えたのだ。

「いえ、よろしかったら私も同道させてください。斬首の後はお疲れのはずですが、父上はこれまでもどこかへお出かけになることがありました。何をされているのか、気になっておりました」

「ほう」

堅物で剣術の稽古と学問にしか関心がなさそうに見えていたので、意外だった。父親を慮《おもんぱか》る気持ちがあることにも驚いた。

「常次郎という者に、何か惹《ひ》かれるものがあるのか」

「初めは気の弱そうな男に思われましたが、女房のために拷問に耐えたといいます。芯《しん》の強い一面もあったのだと存じます。あの者が申したことが真実であるかどうか、確かめてみたくなりました」

「なるほど。ならばついてくるがよい」

日本橋川に架かる江戸橋を南に渡ると、町の様子が一変する。

本材木町《ほんざいもくちょう》や青物町《あおものちょう》といった界隈の町々には、新しい家が立ち並んでいた。本材木町に沿って流れる楓川《もみじ》の対岸は八丁堀である。このあたりは、二月の大火で焼け出された。一時は焦土《しょうど》と化していたが、今はすっかり復興していた。まだ空き地のままになっている土地もなくはなかったが、どこかから鋸《のこぎり》を引く音や槌音《つちおと》が聞こえてきた。

「どきなどきな。さもないと怪我をするぜ」

威勢のよい若い衆が、材木を載せた荷車を引いてゆく。青物屋が売り声を上げていた。

安政の世も、すでに五年目を迎えている。

四月には彦根《ひこね》藩主の井伊直弼《いいなおすけ》が大老に就任した。井伊は次の将軍に紀州《きしゅう》藩の徳川慶《よし》福《とみ》擁立《ようりつ》をはかっていた。そのために反対する開明《かいめい》派と呼ばれた土岐頼旨《ときよりむね》や川路聖謨《かわじとしあきら》らが左遷《させん》されている。今後何が起きるか分からない。しかし庶民は、そんなことには関わりなく、日々の暮らしを精一杯送ってゆくことに余念がなかった。金持ちも貧乏人も、あす自分はどう生きるか、そればかりを考えていた。

火事の火元となった安針町や長浜町は、江戸で売買される魚の集散地で魚河岸《うおがし》と呼ばれているが、ここも焼け跡はすぐに整備され商いが再開されていた。

霊岸島も、同様だった。

島を横断する新川河岸には、新築の酒問屋が並び、活発な商いを行なっていた。掘割では、酒樽を積んだ荷船が櫓音をたてて進んでゆく。盗賊に襲われた難波屋は、主人と番頭の一人を喪い千両を奪われたが、新たな店を建て、商いを行なっていた。

店を外側から見ただけでは、二月に大きな被害に遭《あ》ったとはとうてい思えない状況である。

「お新らしい娘の姿は見かけませんね」

吉豊があたりを見回しながら言う。町の厄介者《やっかいもの》ですれっからしだと聞いているから、いれば目立つだろうと考えているようだ。

二人で新川河岸や霊岸島町の通りを歩いたが、それらしい娘の姿はなかった。目に付いた自身番に入って噂《うわさ》を聞いてみることにした。

「ええ、存じていますよ。そりゃあもう、酷《ひど》いもんですよ」

居合わせた自身番の書役は、嘆息ともつかない声を漏らした。四十代半ば、実直そうな男である。吉利の身なりがいいからか、丁寧な対応をした。

「お吟《ぎん》という十八になる娘が頭でしてな、お新はその妹分です。他に十人ほどの仲間がいて、いつも徒党を組んで気の弱そうな若い者や、小金のありそうな年寄りに近寄って銭をたかっていきます。初めは気さくな感じで話しかけ、胸を触った尻を触ったと難癖《なんくせ》をつけ、伝法《でんぽう》な大きな声を張り上げて銭を出させます」

しかしその程度のことは、序の口だと続けた。

「好いたふりをして深い関わりを持つようにします。そこへ仲間の娘たちが現れて、傷物にされたと騒ぎ立てる。相手は、金さえあれば中年でも老人でもかまわない。抱いてしまった弱みがあるからか、男たちは金を出すという寸法だそうです」

「訴える者はいないのか」

「そんなことはしません。そんなことをすれば、我が身の恥をさらすことになります。たいていが泣き寝入りすると聞きましたね」

しかし中には傍若無人《ぼうじやくぶじん》なやり口に我慢がならず、土地の岡っ引きや地廻りに鬱憤《うつぷん》をぶつける者もいた。けれどもお吟らはしたたかだった。

「これは、あくまでも噂ですけどね。口煩《くちうるさ》い面倒な岡っ引きや地廻りには、体で挨拶をしているということです。だから何があっても、取り上げられません。好き勝手にやっていますす。ですから土地の者は、屈強な男でもあの娘たちを見れば避けて通っていきます。もう霊岸島では相手にする者もいないので、今では京橋《きようばし》あたりの繁華な場所で荒稼ぎをしているということです」

「なるほど。話通りならば、とんだあばずれだな。いったい娘たちは、どういう生《お》い立《た》ちの者なのだ」

「親のいない孤児《こじ》がほとんどです。捨てられた者や火事で焼け出された者たちです。ですから十歳くらいの者もいます。その歳で、唇に紅《べに》をぬっています。先が思いやられますね」

中年の書役は、ため息をついた。

「お新は難波屋を襲った仲間の一人ではないか、という話もあったようだが」

「私は、仲間だったと思いますね。あいつらなら、それくらいのことは平気でやりますよ。でも、確たる証拠がないということでしたね。それでは仕方がありません。でもまた何かをやらかすんじゃないですかね」

吉利と吉豊は自身番を出ると、京橋へ向かった。噂話を聞くだけでは、お吟やお新の正体は分からない。とにかく顔を見ていこうということになった。

京橋は二月の火事では罹災《りさい》していない。日本橋へ通じる大通りは、大店がひしめいている。さすがに土地が広いので、莫連のお吟やお新と言っても、知らない者の方が多かった。しかし何人かに聞いているうちに、知っている者が現れた。

「尾張町《おわりちょう》二丁目の裏河岸でたむろしていましたぜ」

駕籠《かご》舁きの一人が教えてくれた。さっそくそちらへ廻ることにする。

尾張町二丁目は、三十三間堀《さんじゅうさんげん》の西河岸にあたる土地である。対岸は木挽町《こびきちょう》五、六丁目で、賑《にぎ》やかな芝居小屋が並んでいた。講釈、浄瑠璃《じょうるり》などの小屋や芝居《しばい》茶屋なども あって人の多い場所だった。掘割の両岸には、食い物や小間物を商う屋台店も多数出ている。

「逃げようったって、そうはいかないよ。あんた、あたしの胸に触ったじゃないか。さっきからちらちら色目を使いやがって。とんでもない助平《すけべ》おやじだねえ」

甲高《かんだか》い声が、いきなり聞こえた。見ると十人ほどの娘たちが、三十前後の若旦那風の男を取り囲んでいた。

着物は娘がごく当たり前に身につけている茶や鼠《ねずみ》地に縞《しま》や格子《こうし》のものだが、襦袢《じゅばん》や半襟に鮮やかな緋《ひ》や紫をつけている。ゆるい着方をしているので、どの娘も動くたびに白い脹脛《ふくらはぎ》が覗いた。履いている下駄の鼻緒は皆お揃いで、目に染みるような朱色だ。通行人たちは驚いて立ち止まり、声のした方に目を向けた。

「私は、そんなことはしていない。あんたが近寄ってきて、こちらの懐へ手を入れてきた。財布を盗もうとしたのではないか」

「何を言ってんだい、財布はあんたの懐にあるんだろ。人を盗人呼ばわりするなんざ、助平というだけじゃすまないよ」

烈しい啖呵《たんか》が切り返した。言っているのは、十三、四の小娘である。濃い目の化粧で、唇には濡れたように光る紅をつけていた。

相手を睨《ね》めつける眼差《まなざ》しには、凄味《すごみ》があった。桃割れの髪に桃色鹿《か》の子絞《こしぼ》りの手絡《てがら》をかけている。愛らしい顔立ちなだけに、悪擦《わるず》れした物腰は痛々しいほどだった。

男は、その剣幕に怯《ひる》んだ。

「た、確かに財布はあるが……」

「いったい、どうしてくれるんだよ。いやらしいことをされた上に、これだけの人の前で恥をかかされてさ」

「い、いや。あんたは確かに、私の懐に手を」

若旦那風がそこまで言いかけたとき、側にいた十七、八の娘が男の顔前に顔を突き出した。この娘は、他のほとんどの娘の髪が結綿《ゆいわた》や桃割れの中で、切り前髪をしていた。頭の後ろで軽く結んだ『じれった結び』である。髪の生え際近くに、飴《あめ》色に使い込んだ黄楊櫛《つげぐし》が挿《さ》さっていた。身につけているのは縞木綿《しまもめん》だが、唐桟《とうざん》縞の藍《あい》と茶の両側に白が入っていた。裾の折り返しの袘《ふき》と袖口を濃藍で染め、ちらと覗く襦袢は赤味のある茶だった。どこから見ても、堅気《かたぎ》の娘にはみえない。

「あんた、たいがいにおおし。財布がある以上、この子を盗人にすることなんざできやしないんだよ」

どすの利《き》いた声である。それも抜群の器量の持ち主が吐いた言葉だったから、男は瞬間体を震わせた。

「か、金を出せというのか」

「じゃあ、どうすると言うんだよ。あたしたちはね、あんたをこのまま帰したりはしないよ。どこまでもついていって、お店の人たちやお客さんの前で、ここであったことを大声で喋ってやるからね。毎日行ってさ」

そう言うと、周りにいた娘たちは、そうだそうだと同調した。

若旦那風は、半泣きの顔になった。

「い、いくら欲しいというんだ」

懐から、しぶしぶ財布を取り出した。すると顔を突き出していた娘は、その財布を取り上げた。そして中を覗いた。

「しけてるねえ」

舌打ちを一つすると、手を中に突っ込んだ。中身をざっくりと摑み出した。銭の中に一朱《いっしゅ》銀が何枚か光って見えた。

「ああっ」

男は小さな悲鳴を上げた。

「何だよ。文句があるのかい」

烈しい剣幕でどやしつけてから、娘は軽くなった財布を押し返した。

「とっとと、お行き」

再びどやしつけると、男は返された財布を懐に押し込んだ。そして脱兎《だっと》のごとく駆け出した。

「ざまあないね」

娘たちは、いかにもおかしいという顔で笑った。高く響く笑い声だった。

「見世物《みせもの》じゃないよ。とっとと行きな」

集まっていた野次馬《やじうま》たちに、違う娘が怒鳴《どな》り声を上げた。野次馬は慌ててその場から立ち去って行った。

「あの娘が、お吟ですかね」

初めから見ていた吉豊が、吉利に言った。声の調子が少し硬くなっていた。銭を摑み出した娘のことを言っている。中では一番の年嵩《としかさ》だった。

「そうらしいな」

野次馬たちは立ち去ったが、吉利と吉豊はそのままだった。娘たちの目が、こちらに集まった。

「な、何だよ」

ほとんどの者が、目に困惑《こんわく》の色を浮かべた。

吉利は身構えていたわけではなかったが、身ごなしには一分《いちぶ》の隙《すき》もなかった。立ち塞がっただけで、やくざ者や腕自慢の浪人者は震えだす。目の前の、莫連のふてぶてしい娘たちも同様だった。伏し目がちになって口を閉ざした。

しかし一人だけ、吉利を睨《にら》み返した娘がいた。緊張した眼差しになったが、必死に堪《こら》えている。一番年嵩の娘だ。

「お前が、お吟か」

問いかけると、娘は明らかに驚いた顔になった。

「そ、そうだよ。お、お説教かい。それならば、無用だよ」

ふて腐れた顔になった。精一杯、突っ張っている。

「そうではない」

「じゃあ、何だよ。あたしを抱きたい、とでもいうのかい。いいよ。いくらだって抱かしてやらあ。でも高いよ。一晩で、小判一枚だ」

豊かな胸を突き出した。だが吉利はそれを無視した。

「お新という者に会いたい。常次郎という男に、命を助けられた娘だ」

「えっ」

もう一度、驚きの顔になった。初めて狼狽《ろうばい》する気配が浮かんだ。

「あんた、何者なんだよ」

「牢屋にいるあの男から、頼みごとを託《たく》された者だ」

「どんな頼みごとだよ」

「それは言えない」

「ふーん」

お吟は真顔になっている。嘗《な》めた様子や突っ張った感じはなくなっていた。やや年下という印象の娘を手招きした。これがお新らしい。

お新は、名乗った後でぺこりと頭を下げた。髪を頭のてっぺんでまとめて結っている。茜《あかね》色の手絡を無造作《むぞうさ》に巻きつけている。根元に小振りな飾櫛《かざりぐし》が突き挿してあった。ほつれ毛の似合う娘だ。このお新とお吟だけが、眉《まゆ》化粧をしている。姉御《あねご》格ということらしかった。化粧は濃いが、この娘もあどけなさを残していた。足の骨折はすでに完治したらしく、歩き方に不自然さはなかった。

「お前は常次郎のことを、以前から知っていたのか」

「知らないよ。火事場で初めて出会った。あたしは足が痛くて、そのときは満足に顔も見なかった。後になって、常次郎という人が助けてくれたと分かったんだ。はっきりと顔を見たのは、奉行所のお白洲《しらす》が初めてさ」

「常次郎がどういうことをしたか、今は知っているな」

「もちろんだよ。さんざん奉行所へ呼ばれたからね。おかみさんを、女郎屋から請け出したかったんだろ。そのために難波屋へ押し入った」

「お前は、盗人の仲間ではないかという疑いをかけられたが、そうではなかった。常次郎も仲間ではないと証言したというが、それは事実だな」

「あたりまえだよ。いくらあたしだって、そこまではやらない。でもあたしは、盗人のあの人には、ありがたいと思っているよ。あの人が盗みに入ってくれたから、あたしは助かった」

そう言うと、お吟や他の娘も頷いた。若旦那風の男を甚振《いたぶ》っていたときとは、皆の目つきが違っている。

「あの夜、あたしたちは屋台の田楽屋で酒を飲んでいた。そしたら火事だと知らされて、何人かは逃げたけど、あたしは見物に行った。火の勢いはすごかった。何しろ強い風がこっちに向かって吹いていたからね。落ちてきた火柱が足にぶつかったんだ。しばらく動けなかった。そのうちに火が回ってきて、這って逃げた。でも痛くてさ」

田楽屋のおやじにたかっていたことは言わなかったが、足の骨を折っていたのは事実である。吉利は、お新が嘘をついていないと感じた。

「よし。それだけ聞けば、用はない。行ってよいぞ」

「何だよ。藪《やぶ》から棒《ぼう》にさ」

お吟が、声高《こわだか》に言った。いかにも不満だという口調だったが、食って掛かってくる気配はなかった。横一列になって河岸の道から去って行く。通りかかった人たちは、慌てて道をあけた。

「わしらも行くぞ」

吉豊に声をかけた。吉豊は、瞬きもせずにお吟の後ろ姿を見送っていた。呆《あき》れたのか、それとも怒っているのか。顔を見ただけでは分からない。ただ、吉豊がこれまでに一度も出会ったことのない類《たぐい》の娘であることは確かだと思われた。

五

次に吉利と吉豊は、神田三河町へ向かった。印判屋の朋蔵の様子を見るためにである。京橋を経て広い通りを北に歩くと日本橋が見えてくる。

「父上、あの小娘は、本当に男の懐に手を突っ込んだのでしょうか」

黙って歩いていた吉豊が、急に問いかけてきた。ずっとそのことを考えていた模様である。

「その方は、どう思うのだ」

逆に聞いてみた。吉利も吉豊も、悶着《もんちやく》の発端の部分は見ていない。

「手馴れたあの娘《もの》らの様子を見ていると、掏《す》ろうとしたのは事実かもしれないという気がします。やり損ねて、居直ったのでしょうか」

「うむ。懐に手を入れたのは確かだな。そうでなければ、あの男は事を荒立てはしなかっただろう。もっとも、お吟らはそれを待ち構えていたのかも知れぬがな」

「どういうことですか」

「胸や尻を触られたと、人前で騒がれるのは男にとって迷惑なことだ。しかも財布はそのまま懐に残っている。男には分が悪い。金は懐から奪えば盗みだが、目の前で摑み取り残りを返したとなれば、盗んだということにはなるまい」

「するとあの小娘は、手だけ突っ込んで盗む振りをした。しかし目当ては掏ることではなく、文句をつけてきたところを、逆に絡んで金を奪うことにあったというわけですね」

「そうではないかな。あれならば、男はどこにも訴えることができまい」

「なるほど。悪賢《わるがしこ》い奴らですね」

吉豊はため息を漏らした。

刑場で斬首の執行をしていると、罪人の中に女が含まれるのは、珍しいことではなかった。見るからに毒婦《どくふ》悪女といったふてぶてしい態度や様相を見せる者もあったが、十三、四の娘の斬首はない。剣と学問にばかり精進《しょうじん》している吉豊には、驚きの場面であったに違いなかった。

霊岸島の自身番でひと通りの話を聞いている。だから吉利にしてみれば、ど肝を抜かれるということはなかったが、めったに見ることのない娘たちの姿を見たという気持ちは強かった。

朋蔵の商う印判屋は、鎌倉河岸《かまくらがし》からやや北へ歩いた武家地に面した片側町《かたがわまち》にあった。表通りとはいっても、間口の狭い小店である。戸が開いたままになっていて、藍暖簾《のれん》がかかっていた。店先はきちんと掃除がされ、通りには打ち水がしてあった。

まず町の自身番にいた大家と、近くにあった古着屋の女房から話を聞いた。どちらも朋蔵は腕のいい職人で、折り目正しい男だと口を揃えた。牢屋敷で聞いた滝田の話と同様である。

狭いことをしたり、手荒なことをしたりする場面は見たことがないという。時おり武家の客も訪れるとか。

「大火のあった夜に、朋蔵は何処《どこ》にいて何をしていたか分かるか」

「さあ、それは。何しろ四月も前のことですからね」

大家は大火の日、風向きを気にしながら、火事の様子を見に行った。古着屋の女房は、風向き次第では類焼することもあるので逃げ支度を整えていた。大火を目前にして、他人のことなど気にしている暇はなかったのである。

「他の者も同様でしょうね。火元の魚河岸は、そう遠くではありませんからね」

吉豊は言った。

朋蔵の女房おたかは二十六で、これも腰の低い女だと大家は褒めた。古着屋の女房は、「ちょいと器量がいいことを鼻にかけているね」と厳しめな評を下したが、取り立てて苦情があるというのではなさそうだった。

「ただあの人は、どこかで芸者でもしていた粋《いき》筋の出じゃないかね」

これは大家が言った言葉である。真偽のほどは分からない。ただ物腰を見ていてそう感じたことがあるという。

常次郎が父親の代から商っていた畳屋も、やや離れていたが同じ通りの並びにあった。今は小間物の店になっている。

近所の者数人に訊《たず》ねたが、常次郎と朋蔵が親しくしていたと証言する者は皆無だった。何度も奉行所の者や岡っ引きから、尋問を受けたらしい。またかという顔をする者もあった。

「ともあれ朋蔵とは会って、話をしてゆこう」

吉利と吉豊は藍暖簾を潜《くぐ》って、印判屋の店に入った。

「はい。あっしがこの店の主人です」

鑿《のみ》を手にして、印形を彫《ほ》っていた男が顔を上げた。目の周辺や唇の端にまだ新しい傷や腫《は》れがあって、全体が浮腫《むく》んでいた。大番屋へ収監されて、拷問に近い問い質しを受けた痕である。狭い室内に、他に人はいなかった。

三十歳そこそこの年齢である。無残な面貌《めんぼう》だったが、眼差しは精悍《せいかん》だった。肩幅もあって、座っている姿だけでも長身だと窺える。顔の傷や腫れを、恥じたり気にしたりしている様子はなかった。

「雅印《がいん》を彫ってもらいたい」

「どのようなものにいたしますんで」

丁寧な口調だった。印形を捺《お》したものがあるというので、見せてもらうことにした。

朋蔵は引き出しから、帳面を取り出した。無駄のない身ごなしだった。常次郎の発言について、話すつもりはなかった。さんざん痛めつけられても、口を割らなかった男である。

「この形がよかろう」

帳面にある一つの印判を示すと、朋蔵は頷いた。

「お名をこれに」

違う帳面と筆を差し出した。吉利は山田浅右衛門と署名した。この名で、彫ってもらうつもりである。

「ほう、あなた様が山田様で」

文字を読んだ朋蔵は、慎重な眼差しをこちらへ向けた。

「わしを、知っているのか」

「はい。怖ろしいお方だと聞いております」

それから何かを言おうとしたが、すぐに言葉を呑み込んだ。怖ろしいと言ったが怯えた様子はなく、ただ関心を持ったという印象だった。

山田浅右衛門の名は、囚人や牢帰りの者にはよく知られている。『首斬り浅』と綽《あだ》名《な》され、怖れられているということを吉利は耳にしていた。試刀家として、また刀剣鑑定家としてもそれなりに著名だが、市井《しせい》の人々が誰でも知っているという名ではなかった。

背後にいる吉豊にも、朋蔵はちらと目をやった。

「どうぞ、お召し上がりください」

鼻筋の通った、きりりとした眼差しの女が茶を運んできた。女房のおたかのようである。派手な柄物ではないが、棒縞の絹物を身につけていた。茶を置くと、そそくさと引き上げていった。

「幾日ほどで、仕上がるのか」

「七日ほどでいかがでございましょう」

「よかろう。そのころまた参ろう」

そう言うと朋蔵は「はい」と頷き、印形の細かな意匠《いしょう》について訊ねてきた。帳面にある印影はどれも巧緻《こうち》で、腕のよさと手先の器用さが察せられた。

「その方、あの男をどう見たか」

店を出てから、吉利は吉豊に問いかけた。

「常次郎が言った男ですから、盗人の一味だと思います。ただそうだという証拠を、あそこから探し出すのは難しいかもしれません」

「そうだな。暮らしに波風を立てず、町の者たちとの関わりを大切にするのは、己の悪事を糊塗《こと》するためだろうからな。しかししぶとく探せば、何かが出てくるかもしれぬ」

「そうですね。私もできるだけのことをいたします」

二人は、麴町平川町《こうじまちひらかわちょう》の屋敷へ戻った。

斬首を行なった日は、同道した門弟たちと酒盛りとなる。死んでいった者たちの呻き声が耳に残っているからだ。痛飲することで、魂の成仏を願い、身に溜まった屈託と穢れを祓おうとするのである。

六

翌朝、吉利は浜町《はまちょう》河岸にある常陸笠間《ひたちかさま》藩牧野《まきの》家の中屋敷を訪ねた。新しく藩主が手に入れた刀剣の鑑定を依頼されたのである。

藩主は不在だったが、柳原武左衛門《やなぎはらぶざえもん》という江戸家老が対応をした。旧知の間である。

吉豊も同道させた。主だった依頼者に、跡取りの我が子を引き合わせるためである。また鑑定のための目を養わせることも大きな狙いだった。

鑑定眼は、一本でも多くの名刀美刀を見ることで養われる。屋敷へ戻った後は意見を言わせ、吉利が訂正補足して知識を深めさせた。吉豊が代を継げば山田浅右衛門八代目となる。山田家にも数々の刀剣が保管されているが、これを見るだけでは足りない。名人や匠《たくみ》と呼ばれた刀工は、時代を越えてキラ星のごとくいる。

牧野家が手に入れた刀は、寛文《かんぶん》期の名工石堂常光《いしどうつねみつ》の作による丁子刃《ちょうじば》であった。真正の名刀である。冷たく光る刀身を凝視していると、僅かに心が癒されるのを吉利は感じた。

吉豊にも、手にとって見させた。

鑑定の後、半刻ほど柳原と雑談をしてから、屋敷を辞去した。まだ正午には、間のある刻限だった。

「これから、久松町へ行ってみよう」

「はい。亡くなった常次郎が、最後に住んでいた裏長屋のある町ですね」

「そうだ。常次郎がどのような暮らしぶりをしていたか、また人となりを聞いてみよう。朋蔵以外の何者かが訪ねてきていれば、そこから何かが摑めるかもしれない」

「そうですね」

牧野屋敷の表門を出ると、眼前には浜町河岸が南北に伸びている。このあたりは両河岸とも武家屋敷だが、北へ歩くと日本橋界隈の町並みになる。久松町は目と鼻の先だった。

常次郎が一人で暮らしていた長屋は、種物《たねもの》屋の裏手にあった。古材木を寄せ集めて建てた長屋が二棟並んでいた。甲高い子どもの騒ぎ声が、遠くから聞こえてきている。

井戸端で、女が二人洗濯物を取り込んでいた。場違いな身なりをした吉利と吉豊を見て、女たちは怪訝《けげん》な眼差しを向けたが、かつてここにいた常次郎について訊ねたいと言うと、なるほどという顔になった。ここにも町奉行所の同心や岡っ引きなどが、幾たびも現れたに違いない。

話し声を聞きつけて、二人三人と暇を持て余していたらしい女房たちが出てきた。六十代もいれば、二十歳《はたち》そこそこの赤子を抱いた女もいる。

「常次郎さんは、腰の低い気の弱そうな人だった。こんなところへも、借金取りが何人も押しかけてきた。いろいろあったからね、気持ちが滅入《めい》って魔がさしたんですよ」

「そうだね、余分に作った惣菜《そうざい》を分けてやると、何度もお礼を言ったっけ」

「でも、いらついているときだってあったよ。野良犬を蹴飛ばしているのを見たことがある」

「そりゃあそれくらいのことはあるさ、誰だって。でも根っからの悪人じゃあないよ」

老婆《ろうば》の言葉に、他の女たちは頷いた。女郎屋へ売られた女房の話は、ここではまったくしていなかった。あれこれ訊ねても、別れたと答えるばかりだったという。

「お咲っていう名だったんだよね」

「そうそう、売られる前に離縁をさせられ、音羽の『むつき屋』という店にいるって、ここに来る岡っ引きが言っていた」

「常次郎は、会いに行っていたと思うか」

「さあ、どうでしょうかね。ただ夜遅くなることは、たまにありましたね」

盗賊の仲間と、打ち合わせでもしていたのではないかと皆は言った。生前の常次郎の話では、朋蔵が長屋へじかに訪ねてきたことは最初の一回だけだという。それも人目につきにくい夜半だった。あとは外で会っていた。

「訪ねてきたのは、借金取りだけか」

「そうですね。他には、ありませんね。ただ時々、仕事を頼みにくる人がいた。腕は悪くなかったらしいからね」

「でもさ。半端仕事ばかりだって、ぼやいていたじゃないか。あれじゃあ、あの人一人が食べるのがやっとだったんじゃないかね」

昔からの店と親や女房を一度になくしてしまった職人を、大どころの顧客は相手にしなかったはずである。半端仕事でも、あれば幸運ということなのかもしれない。それでは、女房を女郎屋から請け出すことはできまい。

「そうだけどさ、一度だけちゃんとした仕事が入ったって喜んでいたことがあったじゃないか。去年の暮れのころだよ」

「そうそう、そういえばあったね。旗本屋敷の畳を、ぜんぶ一人で替えたって言っていた」

「ほう。初めての家だな」

「そうですよ。まだ一度もやったことのないお屋敷だということでさ」

旗本家が畳替えをするにあたって、尾羽打ち枯《おはうちか》らした職人にわざわざ仕事を頼みに来ることはありえない。この依頼には、裏があるはずだった。

常次郎は盗賊仲間では、朋蔵としか関わりを持っていなかった。だが賊の頭は、仲間にするにあたって、どこかで常次郎の様子を見ているのではないかという気がした。朋蔵から話を聞くだけで、見も知らぬ男と危ない橋を渡るとは思えないからだ。

屋敷で畳替えの仕事をさせて、様子を探ったのではないか。盗賊の頭ともう一人の仲間は武家だったと、常次郎は供述している。

「何処の屋敷の、何という旗本か分かるか」

吉利がそう言うと、女たちは首を傾げた。何しろ、半年以上も前のことである。

「原嶋《はらしま》とか、言ってなかったっけね」

赤子を抱いた若い女房が呟いた。自信なさそうな口ぶりである。

「そうだね、原嶋なんとか。たしか小石川にある江戸川の近くだったんじゃないかね。旗本っていったって、何千石というんじゃなかったと思いますよ」

どういうツテがあって、その仕事が舞い込んだのかは、女房たちには分からない。

しかし常次郎がひどく喜んでいたことは、皆覚えていた。

他にもいくつか話を聞いて、吉利と吉豊は裏長屋を出た。

「久松町にいた間に、常次郎がしたまともな仕事は、原嶋という旗本家の畳替えだけですね」

「そうだな。やはり気になるか」

「はい」

吉豊も、吉利と同じことを考えたらしかった。回り道になるが、小石川まで行ってみることにした。一口に小石川といっても広いが、江戸川の近くというならば、探せないことはない。

小日向水道町《こびなたすいどうちょう》の東方、神田上水堀と江戸川に挟まれた一帯は、すべてが武家地になっている。人気はまったくといってよいほどなく、旗本や御家人の屋敷が並んでいた。どこかから蟬の音が響いてきた。

江戸川の河岸道にある辻番に立ち寄った。老人が、一人で詰め将棋《しょうぎ》をしていた。白《しら》髪《が》の薄い髪の毛で、結った髷《まげ》がぺらんと頭の上に載っている。

「このあたりに、原嶋なる御仁《ごじん》の屋敷があると聞いたが、存じておろうか」

「さあ」

老人は尻を掻きながら立ち上がった。目だけは、盤面を覗いている。

知らないならば、用はなかった。これまで三軒の辻番で訊いたが、薄ぼんやりとした目を投げかけられただけだった。

「本当に、このあたりの屋敷なのでしょうか」

吉豊がため息を漏らした。

四つ目の辻番で、ようやく反応があった。遠くに、小日向水道町の家並みが見える。

「原嶋彦左衛門《ひこざえもん》さまでございますな」

中年の男は、吉利を見返した。

「そうだ。他に、このあたりに原嶋という名の者の屋敷はあるのか」

「ありません。そのお屋敷だけです」

吉利は男に小銭を握らせた。するとあからさまに、向こうの態度が変わった。

「どういう御仁か、知っているところを話してもらおう」

男は頷いた。

「家禄三百石のお旗本です。お役には就いていませんね。年は四十六、七で、恰幅《かっぷく》のよい方です。確か神道無念流《しんとうむねん》の免許をお持ちだと聞いておりますが」

妻女はいるが、子どもはなかった。養子を取るという話は聞かない。奉公人は、檜垣《ひがき》という三十半ばの用人が一人いるだけだという。中間や若党はいない。無役三百石の小旗本でも、嫡子がなければ養子を取る。その点を除けば、どこにでもありそうな直参《じきさん》の家だった。

「暮らしぶりは、どうだ」

「そこまでは……」

吉利は屋敷の場所を訊いた。江戸川の北河岸で、表門の前に小さな船着場があるという。辻番からもごく近い場所だ。男は通りに出て指差した。

吉利と吉豊の二人は、屋敷の門前まで歩いた。六百坪ほどの敷地で、片番所付の長屋門である。

「瓦《かわら》が新しいですね」

長屋門の屋根を見上げながら、吉豊が言った。手入れの行き届いた白壁が続いている。二人で隣家の境目まで歩いた。もちろん、中の様子は窺えない。

僅かな櫓音の響きが聞こえた。川を見ると、屋敷の前の船着場に、猪牙舟《ちょきぶね》が停まったところだった。侍《さむらい》の主従が降り立ってくる。主人が四十半ばの恰幅のよい男で、もう一人は用人といった風情《ふぜい》の侍である。額に面ずれがあった。

どちらも隙のない身ごなしで、主人は絽《ろ》の夏羽織《なつばおり》を身につけていた。袴も上物である。横顔に、酷薄《こくはく》な印象があった。用人も木綿物だが、きっちりとした身なりだった。河岸の道に上がると、主従は原嶋屋敷へ入っていった。

「あれが、彦左衛門と用人の檜垣ですね」

吉豊が囁《ささや》いた。今どきの無役三百石の旗本家では、どこでも金に窮《きゅう》している。けれども目前に現れた主従の姿には、それはまったく感じられなかった。

七

原嶋屋敷の潜り戸が閉まると、人の気配は再びなくなった。

「ついでだ、音羽まで足を伸ばしてみよう」

吉利は吉豊に言った。護国寺門前の音羽町は、ここからならば四半刻も歩けば行き着くことができる。

「そうですね、常次郎の女房お咲からも、話を聞いておきましょう」

二人は河岸の道を歩いた。町屋に入ると、往来に人の姿が目立つようになった。音羽の広い通りに出ると、遥《はる》か先に護国寺の山門《さんもん》と樹木が聳《そび》えるように見えた。商家が並び、食い物を商う屋台店もちらほらと目に付いた。

両国広小路《りょうごくひろこうじ》や八《や》ツ小路などの繁華街とは比べるべくもないが、人通りの多い町だった。鉢植えの昼顔が、花を咲かせている。水売りの若い衆が、客を求めて声を上げていた。

女郎屋街は、その広い通りから一つ奥に入った細い道筋にあった。格式の高そうな店から、安直な造りの店もある。格子窓が並んでいて、明るいうちに見ると、どこか荒んだ雰囲気が漂《ただよ》っていた。

浴衣《ゆかた》をだらしなく着た女が、軒下《のきした》で団扇《うちわ》を弄《もてあそ》びながら座り込んでいる。物憂《ものう》げな眼差しで、吉利を見上げた。まだ客らしい男の姿はなくて、通りはひっそりとしていた。

吉豊は物珍しそうに、あたりを見回している。こういう場所へは、まだ出入りをしたことがないらしい。

吉利は若い頃、親に内緒で剣術仲間と悪所通いをしたことがある。斬首を始めたばかりの頃で、そういうことをしなければ、胸に湧《わ》く鬱屈と騒ぐ血を抑えることができなかった。もちろん、志乃と出会う前のことである。

次男の在吉は磊落な性質で、いたずらっ気のある若者だ。女郎買いの一度や二度はしているのではないかという気がするが、長男の吉豊は堅物で実直な男だ。若い娘とろくに話もしたことがないのではないかと、ふと思った。

不憫《ふびん》だとはいえないが、そろそろ嫁取りのことを考えてもよいのではないかと、父親の気持ちになった。

『むつき屋』は、通りにある女郎屋の中では、間口の広い店だった。店先には、まだ暖簾は下がっていない。しかし戸は、開け放ったままだ。

敷居を跨《また》いで声をかけると、五十がらみのやり手婆《てばば》が現れた。嗄《しゃが》れ声を出す瘦せた女である。

「店では何と名乗っているか知らぬが、お咲という女がいるはずだ。話をしたいので、呼んでもらえぬか」

吉利はかねて用意していた一朱銀を、やり手婆の手に握らせた。

女を買いに来た客ではないので、婆は露骨《ろこつ》に嫌な顔をした。だが金を押し返しはしなかった。

「短い間にしてくださいよ。悶着《もんちゃく》は御免ですからね」

そう言って、奥へ引っ込んだ。すると待つまでもなく、二十歳をやや過ぎた女が襦袢姿で現れた。まだ紅白粉をつけてはいないが、肌の白い目鼻立ちの整った女だった。明るさや愛らしさというものはないが、清楚《せいそ》さと沈んだ美しさといったものが感じられた。

「昨日、常次郎と会った。あの男は、その方の身を案じていた」

「あなた様のお名は」

「山田浅右衛門と申す」

そう言うと、お咲の顔が一瞬強張《こわば》った。

「どうぞ、お上がりください」

小さな声で、そう言った。俯いたまま薄暗い廊下を歩いてゆく。吉利と吉豊は、四畳半のお咲の部屋へ通された。

「あの人は、亡くなったのでしょうか」

向かい合って座ると、抑えてはいるがはっきりとした声で問いかけてきた。眼差しに、縋《すが》るような色がある。

吉利は返事をしなかった。ただ見詰め返しただけである。

盗賊の仲間として商家に押し入り、常次郎は人を刺していた。千両の金が奪われている。捕らえられた上は、死罪になって当然の身の上だ。

お咲はそのことを、充分に承知しているはずである。山田浅右衛門という名を知っているのかもしれなかった。

滂沱《ぼうだ》たる涙が、溢れ出た。吉利は無言のまま、それを見詰めた。

どれほどの時がたったか、お咲は我に返ったように泣くのをやめた。袂《たもと》で頰の涙を拭った。目に、気丈さが浮かんでいた。老舗《しにせ》の畳屋の若旦那と祝言を挙げたが、元々は一膳飯屋の女中だった。好いて好かれて一緒になった間柄である。

「常次郎は、朋蔵という男に唆されて、盗賊の仲間に入ったと言っている。その方を、苦界から救い出したかったからだ。しかしそれは叶わなかった。さぞかし無念であったことだろう」

「………」

「あの者の最期の望みは、その方の身の平安と、仲間の盗賊どもを捕らえてほしいというものであった。常次郎は、もし己が捕らえられた折には、仲間にその方を身請けしてもらう約定を交わしていたという。朋蔵もしくはそれらしい男は現れたのか」

「いいえ」

お咲は慎重に応えた。

「では、まだ神田三河町にいた折に、朋蔵との付き合いはどうだったのか。同じ町内であったわけだが」

「親しくしていた、ということはありません。道で会えば、挨拶くらいはしましたが、それだけのことです。噂話さえしたことはありませんでした」

町奉行所が常次郎から聞き取ったり、調べたりしたことと同じ答えが返ってきた。

「畳職人の家だったわけだが、客には武家が多かったのか、それとも町人が多かったのか」

「お武家様のお屋敷の仕事は、それほど多くはありませんでした」

「原嶋という旗本屋敷の仕事は、したことがあるか」

「そのお武家様の名は、聞いたことがありません」

僅かに考えてから、お咲は返事をした。

「そうか。では朋蔵は、常次郎が久松町へ移ってから近づいたというのは事実だな。そしてここへは、誰も来なかったというのだな」

吉利は自身で確かめるように口にした。元々お咲を請け出すつもりは、朋蔵らにはなかった。『むつき屋』を知る入牢者がなければ、常次郎はお咲が身請けされたものと信じながら斬首の刑を受けていたことになる。

「でも……」

「どうした」

「常次郎を知っていると言って、私を訪ねてきた人があります」

「それは、どのような者だ」

「若い娘さんが二人です。霊岸島に住まうお吟さんとお新さんという人でした」

「な、何と」

思いもかけない名を聞いた。吉利と吉豊は、驚きの顔を見合わせた。

お吟とお新は、奉行所の与力から受けた白洲での尋問の折に、お咲の存在を知らされた。音羽のどこの女郎屋なのか、奉行所の下役から色仕掛けで聞き出してお咲のもとへやって来たというのであった。

「二人は、何のためにここへやって来たのだ」

霊岸島の火事場にはいたが、盗賊騒ぎには関わりがないと聞いている。

「お新さんは、あの火事のときに、常次郎から命を助けられたというのです」

「うむ。その話は承知している」

「常次郎は私を請け出すために盗人の仲間入りをしましたが、捕らえられてそれができなくなりました。ついてはその代わりに、自分たちが金を稼いで請け出すことに決めたと言うのです。請け出すために、いくらかかるか。それを訊くためにやって来たのだということでした」

「恩返しをしたいということか」

「そうです」

吉利はもう一度、驚いた。あばずれの莫連どもの顔が、脳裏に蘇った。ふてぶてしい顔つきの中に、そのような殊勝な心根が隠れているとは、想像だにしないことだった。

三十間堀河岸の雑踏で、若旦那風の男から、多額の金を強請り取っている姿を吉利は目撃している。あの金は、お咲を請け出すための金だったというのか……。

俄《にわ》かには、信じがたいことである。

「お気持ちだけはありがたい、とお礼を言いました。また常次郎が、最後の最後に、人の命を救っていたと知らされたのは、何よりも救いとなる話でした」

お咲の目から、再び涙が流れた。


『むつき屋』を訪れたお吟とお新は誰が見ても、まともな娘には見えない派手な身なりだったという。化粧も女郎衆にも負けないくらいに濃かった。

「何だよ。あいつら」

女郎たちは反発した。しかしお吟とお新は、借金が二十七両だと知ると、丁寧な挨拶をして帰っていったという。

「不思議な娘たちですね」

『むつき屋』を出たところで、吉豊がやけに難しい顔をして吉利に言った。

八

早朝、雷《かみなり》があってその音で目が覚めた。雨が降っている。篠突《しのつ》く雨で、ぞくりとするほど涼しい。涼しいというよりも寒いほどだ。

仏間に入った吉利は、朝の読経を終えると、志乃の位牌と向き合った。

昨夜寝る前に、この仏間に籠って、志乃には昨日あった出来事を報告している。しかし寝床に入って、いろいろと考えた。それを伝えたかったのである。生きていれば、忌憚《きたん》のない意見を聞かせてくれたことだろう。

吉利が気にかかっているのは、お吟とお新という娘のことだった。吉利には四人の子があるが、娘はいない。いったいどういう育ち方をし、何を考えている娘たちなのか。志乃の考えを聞きたかった。

三十三間堀河岸で会ったとき、お吟もお新も、こちらを胡散臭《うさんくさ》い厄介なおやじという目でしか見ていなかった。心を繋げるものは、何もないと感じられた。

しかしお咲と会って、莫連どもが何をしようとしているのか、そのおおもとの部分が分かった。やり方は乱暴で危なっかしいが、あの娘たちらしい手段であることは確かだった。

二十七両は、娘らにとって大金だ。どこまで初志を貫徹できるか、そのあたりは不明だ。だがお咲を探し出し、女だてらに女郎屋へ乗り込んだ気概《きがい》は認めねばなるまい。

常次郎の最期の願いを叶えてやりたいという部分では、吉利や吉豊の思いと明らかな共通点がある。もう一度会ってみようと考えた。

午前中は来客があることになっている。あと七日すると、志乃の一周忌の法要が行なわれる。その打ち合わせに、菩提寺《ぼだいじ》の僧侶《そうりょ》や縁者が訪れてくるのだ。

また屋敷内には道場があり、門弟たちに稽古をつけなくてはならなかった。屋敷内には、住み込みの弟子たちのための長屋もある。三男の吉亮は、まだ五歳ながら剣に天稟の質を示している。年を経れば、二人の兄を凌ぐ腕前を持つだろうと、その将来が待ち望まれていた。斬首の執行という、苦く不浄な一日もあるが、過ごしてゆく日々はそれだけではなかった。

お吟とお新には、昼を過ぎてから会いに行くことにした。

朝方、激しく降っていた雨だが、昼近くになって止んだ。しかし厚い雲はそのままで、六月とは思えないほどの涼しい気候は変わらない。

昼食を済ませた吉利が屋敷を出ようとしていると、吉豊がやって来た。

「どちらへお出かけですか」

「霊岸島から、京橋へ出てみるつもりだ。お吟とお新に用事を頼もうと思ってな」

「常次郎に関する一件ですね。ならば私もお供をいたします」

吉豊は決め付けるように、そう応じた。土壇場での、最期の言葉が耳に残っているということらしかった。また奔放《ほんぽう》な暮らしをしているお吟らにも、関心がある様子だ。

二人で屋敷を後にした。

お吟やお新らの住まいは霊岸島だが、そこにいるとは限らない。京橋界隈が、今の稼ぎ場所だと聞いていた。目立つ存在だから、繁華な場所へ行けば、居場所がどこかはすぐに知れると案じてはいなかった。

まず足を踏み入れた霊岸島には、莫連どもの姿はなかった。次に一昨日会った三十三間堀の河岸道へ行った。相変わらずの賑わいだったが、お吟らの姿は見えなかった。

「昼前はいましたよ。今日は金のありそうな坊様に絡んでいましたね」

麦湯の屋台店を出していた初老の男が、問いかけた吉利に応えた。

尾張町の大通りに出、新両替町《しんりょうがえちょう》の方向に歩いた。この通りには、江戸でも名の知られた大店老舗が櫛比《しっぴ》している。歓楽街というよりも商いの町だ。通行人も女の姿がめっきり減って、荷を運ぶ人足やお店者の姿が目立つようになる。

遠路からの旅人の姿もあった。

「おや、あれは」

吉豊が指差した。派手な柄物や渋い茶や鼠、藍の着物にちらと赤い色を差し入れた、目立つ娘の一塊《いっかい》が、大通りから横道に走りこむのを見かけたのである。荷車の音や人の話し声、足音などの中に、甲高い叫び声も混じっていた。

「行ってみましょう」

吉豊が走り、その後を吉利も追った。ぶつかりそうになる者を、何人も避けた。町木戸を抜け、太物屋のある横道に駆け込んだ。するとそこに、見覚えのある娘たちの顔が見えた。

「放せよ。放せってんだよ」

甲高い声が叫んでいる。十五、六の娘が、若い侍に腕を摑まれて連れ去られようとしていた。侍は五、六人ほどいて、どれも身なりは悪くはなかった。ただ衣服の着方に、荒み崩れた気配があった。御家人旗本の次男三男、といった雰囲気があった。

「うるせえ。近寄ってきたのは、お前らではないか。黙ってついてこい。たっぷり可愛がってやろうではないか。ひいひい言わせてな」

娘は喚《わめ》きながら暴れるが、腕はしっかりと摑まれたままだ。膂力《りょりょく》のある若侍だ。二人のやり取りを見て、仲間の侍はげらげら笑っている。娘たちは、仲間を救おうとするが、男たちに阻《はば》まれて手出しができない。叫ぶばかりだった。

一昨日とは、様子が違っていた。莫連娘は絡む相手を間違えたらしかった。

娘の一人が、若侍にむしゃぶりついた。すると若侍は、その娘の頬を力任せに張った。高い音が響いて、娘は地べたへ尻餅《もち》をついた。

「何、しやがるんだよう」

叫んで、その若侍に近寄っていった者がいた。お吟だった。顔を真っ赤にして、憤《ふん》怒《ぬ》の形相である。

「お前も、やられてえのか」

そう凄んで前に出た若侍の腕と肩を、お吟は摑んだ。体を寄せている。一呼吸ほどの間にである。

「やあっ」

お吟は腰を入れて、相手を投げた。均衡《きんこう》を崩した若侍は、前のめりに地べたへ倒れこんだ。地響きが上がった。

「な、何をする」

他の者が、いきり立った。腰刀に、手を添えた者もあった。しかしお吟は、そんなことでは怯まなかった。

「女だからって、嘗めるんじゃないよ」

お吟の口から、威勢のよい啖呵が飛びだした。身構えている。腰が入った堂々たる構えだった。柔術の心得があるものと思われた。

目が獲物を見詰める獣の輝きを宿していた。

他の娘たちも、若侍らに戦いを挑む姿勢をとっていた。どこで拾ったのか雑木を手にした娘もいる。落ちていた石ころを、両手に握り締めている者もあった。天水桶《てんすいおけ》の一つを摑んだ者や履いていた下駄を脱いで手にした娘もいた。

どの目も、本気で相手を睨みつけている。

「しゃらくせえ」

若侍たちも、したたかだった。遊び慣れた、あぶれ者たちらしい。口先に嗤《わら》いを浮かべている。どの男にも、身ごなしに隙はなかった。剣術仲間なのかもしれなかった。

「ぶちのめして、身包《みぐる》みを剝《は》いじまえ。みんな素っ裸にしちまえば、さぞかしいい見世物になるだろうぜ」

「おう」

下駄を手にした娘が突きかかるのを、若侍の一人が前に出てその足を蹴飛ばした。

娘はたわいもなく、弾き飛ばされた。桶を手にした者は瞬く間に奪い取られ、頬を張られている。石ころを握っていた娘は、手を後ろに捻《ね》じられ呻き声を上げていた。

お吟にだけは、三人の男が取り囲んだ。今しがたの柔術の腕前を警戒している。

ほぼ同時に、三人がお吟に躍《おど》りかかった。二人がそれぞれに腕を掴み、もう一人が襟首と帯を握った。そうなるとさしものお吟も、身動きが取れなくなった。

足をばたつかせるばかりである。

「や、やめろよ」

泣き声とも受け取れる叫びが、他から上がった。哀願の響きさえ籠っていた。娘の一人が、無理やり帯を解かれたのだ。白い太股が剝き出しになっている。

吉利は吉豊に頷き返した。吉豊は、じっと見ていることに我慢の限界を来《きた》していた。またこれ以上、放っておくことはできなかった。通行人は関わりを恐れて、誰も近寄っては行かない。

吉豊は駆け寄ると、娘の帯を剝ぎ取った侍の襟首を摑んだ。相手がその手を払おうとしたとき、下腹に当て身をくれた。呻き声を上げて倒れる相手を見ることもなく、次の若侍に向かう。

吉利も、お吟を押さえ込んでいる者たちに近づいた。気配を察して振り向いた男の腕を掴むと捻じりあげた。振り払おうとするのを後ろへ持ち上げた。がくという鈍い音がして、若侍は悲鳴を上げた。

肩の骨が、はずれたのである。

「このやろう」

お吟の腕を放した二人が、刀を抜こうと鯉口《こいぐち》を切った。だが吉利は右手にいた男の小手を手刀で叩きつけ、肘《ひじ》で鳩尾《みぞおち》を突いた。もう一人の男の腹には、差していた腰刀の柄を突きこんだ。

「ううっ」

若侍の体が揺らめいた。反撃することは、もうできなかった。

「ひけっ」

若侍の誰かが叫ぶと、男たちはふらつく体で走り出した。数呼吸するほどの間に、逃げて行く者の姿が町並みの中に消えた。逃げ足は速かった。

帯を解かれた娘が着物を直すと、お吟とお新は吉利のもとへやって来た。

「お陰で助かった。でもね、あんたたちが来なくったって、どうにかはなったんだ。これくらいのことで怖がっていたら、何にもできないからね」

お吟が嘯《うそぶ》いた。強がりには違いないが、本音も混じっているのだろう。娘たちが頷いていた。

「稼ぎ損なっただけだと言うわけか」

「そうだよ。今度はしくじらない。相手をよく見る」

「なるほど。それにしても、お前に柔術の心得があったとは、気がつかなかった。誰に習ったのだ」

「火事で亡くなった父親だよ。もう五年も前のことだけどさ」

それ以上は、話をしたくなさそうだった。去って行こうとするのを、吉利は呼び止めた。

「何だよ」

面倒くさそうに、お吟が振り返った。

「お前たちを、捜していたんだ。常次郎のために、ひと肌脱いでもらおうと思ってな」

「いったい、何をしろと言うんだよ」

得体の知れない中年男が何を言い出すのか、ほんの少し興味を持った。そういう顔になった。

「常次郎は、仲間の盗人を捕らえてほしいと願っていた。そのために、お前たちの力を貸してもらいたいのだ」

　吉利は、昨夜来考えていたことをお吟たちに話して聞かせた。

九

　四谷勝興寺《よつやしようこうじ》に、読経の声が響いていた。鬱蒼《うつそう》と繁る樹木に包まれ、境内《けいだい》が薄暗く見える。今日も曇天。涼しさは変わらない。

「今年はあちこちの国で、飢饉《ききん》となるのだろうね」

　誰かが言った。

　弔問客《ちようもん》が次々に現れ、焼香《しようこう》を済ませると瞑目合掌した。高禄の旗本や、大名家の江戸家老、留守居《るすい》役といった面々である。富裕な商家の主人や俳人といった風情の者の姿もあった。どれも吉利とは親交の深い者たちだ。

　境内のはずれには、そうした弔問客の乗ってきた駕籠や馬が、家臣と共に主の戻ってくるのを待っている。

　山田浅右衛門七代吉利の妻女志乃の一周忌の法要が、まさに執り行なわれている最中だった。

瞑目合掌している吉利は、微動だにしない。一年前の未明、志乃はひっそりと息を引き取った。人払いをし、二人だけで迎えた朝を吉利はつい昨日のことのように思い出す。

　慣れ親しんだ妻の、体の温もりが徐々にさめてゆく。たとえ起き上がれなくてもよい。眠ったままでもよい。それでもかまわぬから、ただ生きていて欲しいと渇望《かつぼう》した。

　志乃は、吉利にとって生きる支えだった。

　住職の読経の声に埋もれて、吉利は生前の志乃の面影を追う。それは鮮やかな色彩とともに脳裏に刻まれているが、もう触れることも話すこともできない存在になってしまった。

　焼香を終えた弔問客は、法要が済むまで寺に残る者もいれば、足早に帰って行く者もいる。その対応をするのは、嫡子の吉豊と次男の在吉だった。

　紋付《もんつき》袴の正装をした二人の若者は、山田家の次代を担う逸材として嘱望《しよくぼう》されている。斬首の腕前にも、狂いはなかった。

　吉豊は、訪れる来客のほとんどの者の顔と名を諳《そら》んじていた。吉利が刀剣鑑定のために外出する折は必ず連れ歩いているからだ。誰が訪れて来てもたじろがない。在吉は普段は口数が多いが、今日は無駄口も叩かず兄の行ないを見習っている。その二人の横には、威儀《いぎ》を正した高弟や住み込みの門弟が整列して、客を迎え見送っていた。読経がもう少しで終わるという頃合である。場違いな二人連れが、境内に入ってきた。

「な、何ですか。あれは」

在吉が眉を顰《しか》めて、吐き捨てるような声を漏らした。怒りや苛立ちが籠っている。やって来たのは、派手な縞の着物をゆるく身につけ、赤い襦袢をひらひら覗かせた娘たちだ。どちらも濃い紅白粉に濃い眉を引いている。髪にも艶やかな簪《かんざし》や櫛を挿していた。歩くたびに、白い脛が覗く。

お吟とお新だった。

「無礼なまねは、許さん」

息巻く在吉を、吉豊が押さえた。

お吟らは、躊躇《ためら》う様子も、恥じらう気配も見せずに近づいてきた。そして吉豊の前で、丁寧な礼をした。吉豊がこれを返すと、仏前に向かって進み焼香を済ませた。

戻ってきたときに、お吟は吉豊に目配せをしてきた。

吉豊は、二人の娘を伴うと人のいない庫裏《くり》の軒下へ移った。在吉が、不審な眼差しでそれを見送った。

「動きがあったのだな」

「まあ、そんなことになるかもしれないね」

お吟とお新は目を輝かせた。新両替町で危急を救ってやった。その後に、吉利が頼み事をした。あれから七日がたっている。

常次郎が、盗賊仲間の一人だと名指しした朋蔵、そして唯一まともな畳の張替えを依頼した旗本の原嶋彦左衛門、その用人の檜垣陣内《じんない》を終日見張るように依頼したのだ。

お吟らは快諾《かいだく》した。

莫連娘は、お吟を含めて十人いた。そのすべての者が、手分けして早朝から深夜に至るまで、見張りを続けたのである。目立つ身なりをしているが、どれもしたたかな世慣れた娘たちだった。近寄るなどというどじなまねはしない。外出すれば、素早く後をつけ、どこで誰と会ったかを突き止めた。

「あたしたちのすることは、確かなものさ」

お吟は胸を張った。

「朋蔵と原嶋が繋がったのか」

「そうじゃないけどさ。原嶋が女を囲っているのは、前に知らせたよね」

四日前に、配下の娘が、平川町の山田屋敷へやって来た。原嶋は、市谷田町《いちがやたまち》一丁目にお里《さと》という女を囲って、たびたび出かけているという話を伝えてきたのである。女の歳は十九で、元は深川《ふかがわ》の芸者だったらしい。そこへは、時には檜垣も同道する。他にも人がやって来て、酒宴をするという話を聞きつけたのだ。

その妾宅《しょうたく》にやって来る者が朋蔵ならば、原嶋と檜垣が盗人の仲間である可能性が濃厚になる。

娘たちは、頼んだことをしっかりとこなしていた。ただの乱暴者のあばずれとは違うと、使いに来た娘を帰した後で吉利と吉豊は話した。

「それでね、お新が聞き込んだところでは、お里は今夜仕出し屋に料理を三人前届けるように注文したのが分かったんだよ」

酒宴を開く場合は、お里は自分で料理を作らない。いつも仕出し屋から取り寄せているというのであった。今夜の注文については、仕出し屋の小僧にお新が銭を握らせて聞き出したのだ。お吟は朋蔵の印判屋と原嶋屋敷だけでなく、妾宅にも見張りをつけていたのである。

料理は、暮れ六つ（午後六時）前に届けられる。

「それからね、朋蔵を見張っている娘からも知らせがあった。三河町では今夜、町会の寄り合いが急に入ったらしいんだよ。ところがさ、朋蔵は今夜は用事があるからと断っているんだ。あいつは、市谷の妾宅へ行くんだよ。きっと」

お吟は、決め付けるように言った。

「分かった。朋蔵と原嶋が会うかどうか、確かめてみなくてはなるまい。また話の内容を聞き取ることができれば、あいつらが盗賊かどうか確かめることができるな」

「そうだね」

「これから、法事の宴席がある。しかし暮れ六つまでには、父上が無理でもそれがしが必ず市谷田町まで出向こう。ただ慎重にやらなくてはならない。近隣で、妾宅を見張れる家はないか。その一角を今夜一晩借り受けられれば都合が良いが」

「分かった、探してみるよ」

吉豊は懐から、一朱銀を二枚取り出した。これを場所を借りる費用に使えと、お吟に手渡した。市谷田町は、千代田《ちよだ》の城の外堀となる神田川《かんだがわ》河岸に並ぶ町である。妾宅はその町の表通りからやや入った横道にあるという。

「じゃあ、行くよ。でもさ……、ちょっとびっくりした」

「何をだ」

神妙《しんみよう》に言うお吟の顔を、吉豊は凝視した。

「山田浅右衛門って、初めて聞いたときは、ふうんとしか思わなかったけど、本当は怖い人なんだね。いろいろ話を聞いたよ。常次郎さんの首だって、落としたんだろ」

「さあ、どうかな」

「隠さなくったっていいよ。分かっているんだから。でもさ、首は落としたけど、常次郎さんの願いは聞こうとしてあげている」

「だから、どうだと言うのだ」

「ううん。なんでもない。ただあたしたちも、しっかりやる。そう伝えておくれよ」

吉豊を見る目に、これまでどこかにあった刺々《とげとげ》しさが消えている。お吟はそれだけを言うと、お新を連れて寺の境内から小走りに出て行った。姿が見えなくなっても、吉豊はしばらく山門を見詰めていた。

「兄上、あれは何者ですか」

元の場所に戻ると、在吉が早速訊いてきた。厳粛《げんしゆく》な法事の空気を掻《か》き乱すというのである。苦々しい顔をしていた。お吟らのことについては、吉利と吉豊は誰にも話をしていなかった。

「些細《ささい》な用をさせているだけだ。気にすることはない」

弟の気持ちは分からぬでもなかったが、取り合わなかった。あの娘たちは、法事に相応《ふさわ》しい衣服など持ち合わせてはいないだろう。ただ線香を上げたいと思っただけである。その気持ちは、受け入れたかった。

「山田家の嫡子でもある兄上が、あのような者と関わってはなりませぬな。お家の恥になりますぞ」

いつもは磊落な在吉だが、堅苦しいことを言った。普段生真面目な吉豊が、思い掛けない娘と知り合いなことに驚いたのかもしれなかった。

十

西空に一筋あった残光が消えた。町が宵闇《よいやみ》に覆われると、ぐっと冷え込んできた。堀を渡る風が、早くも秋を感じさせる。

市谷田町は掘割に面した町だが、原嶋の妾宅はやや横道に入ったところにあった。瀟洒《しょうしゃ》な建物だが、敷地は五十坪そこそこである。通りを隔てた斜め向かいに青物屋があって、そこの二階を借りてお吟らは妾宅を見張っていた。

法事の宴席はまだ果ててはいなかったが、抜け出した吉利と吉豊はその青物屋の二階に上がった。すでに暮れ六つの鐘が鳴っている。

吉利は一人で来るつもりだったが、紋服を着替えていると吉豊がやって来た。

「私も参ります」

「いや、その方は来客の対応をいたすがよい」

「お吟には、私が行くと話してあります。あの娘への言伝《ことづて》は、私がいたしましたゆえ」

「そうか。ならば共に行くか」

吉豊は従順なようで、一度言い出すと頑固なところもあった。

「客への対応は、在吉一人で充分です。あいつは客人の間を一人ずつ廻って、話し込んでいます。話題に事欠かない様子です」

「そのようだな。法事の席でなければ、初めて会う者とでも談笑していそうな気配だ」

在吉は酒を注ぎ、注がれている。相手が年上であろうと、すぐに旧知の間柄のようになってしまう。兄弟でも吉豊とはそこが違った。

二人で勝興寺を出た。

「原嶋と檜垣は、ちょっと前にやって来た。仕出しの料理も届いているけど、客はまだやって来ていないよ」

お吟が言った。部屋には、他に娘が二人いた。町のはずれにも、潜んでいる者があるという。お新は、神田三河町の朋蔵の印判屋を見張っているということだった。

「朋蔵が印判屋を出たら、お新は知らせをよこすはずだけど、まだ何も言ってこないね。そろそろ来るころだと思うけど」

妾宅には明かりが灯っている。しかし人の話し声など聞こえるはずもなく、ひっそりとしていた。

「どうぞ」

他の娘が、出涸《でが》らしの茶をいれてきた。蚊遣《かや》りを焚《た》いているが、どこかから蚊の羽音が聞こえてくる。

町で見かけたときは、いつも遠慮のない大声で話し恥じらいのない笑い声をあげる娘たちだったが、さすがに今夜は押し黙って妾宅を見張っていた。古い擦り切れかけた守り袋を大事に握り締めて通りを見詰めている娘は、人が通るたびに生唾を呑み込む。

守り袋は、親の形見でもあるのだろうか。真剣な眼差しは、あばずれとは似もつかない一途なものだ。

四半刻がたち、さらに半刻（一時間）が過ぎた。けれども原嶋の妾宅に、人が訪れる気配はなかった。

「いったい、どうなってんだろう」

娘の一人が、苛立ちの声を漏らした。

「静かにおし。待つしかないじゃないか」

お吟が短く叱りつけた。娘たちはしゅんとする。だがお吟も苛立っているのは、しきりに動く目の様子から窺えた。

と、吉利の耳に人の走る足音が聞こえた。部屋にいる者はまだ気付いていない様子だが、こちらに近づいてきている。女の足音だった。

その響きに、慌てた気配があった。

「誰だろう」

しばらくして、お吟が気付いた。足音は妾宅ではなく、青物屋の前で止まった。

「た、たいへんだよ。お新さんが」

走ってきたのは、十三、四の娘である。息を切らせていた。顔は半べそである。神田三河町に出向いていた者の一人だ。

「お新がどうしたんだい」

「す、姿が見えない」

「何だって」

印判屋を囲むように、町の両端から店を見張っていた。朋蔵が外出すれば、すぐに分かる。店には裏口があり、それは通りの裏側にある路地に面していた。裏口から出ても、いずれは表通りに出なければならないのだが、お新は気になるらしく時おり妹分の娘に様子を見に行くように命じた。

暮れ六つの鐘が鳴る、ほんの少し前くらいの頃である。戻って来たら、お新がいなくなっていた。そして仕事場にいた朋蔵の姿も、いつの間にか見えなくなった。

印判屋は、お新を含めた三人で見張っていた。通りにいたもう一人の娘も、朋蔵とお新がいなくなったことに気がつかなかった。

「それでね。これが通りに落ちていた」

半円形の小さな飾櫛である。漆地に梅と鶯《うぐいす》が描かれていた。残った娘二人は、必死になってお新を捜した。そして鎌倉河岸に近いところで、飾櫛が落ちているのを発見したのである。

「お新のだね。つけているのに気付かれて、攫《さら》われたのかもしれないね」

「うん。ともかく知らせなくてはと思って走ってきた」

娘の目から、涙が零《こぼ》れ落ちた。共に見張っていながら、大事な仲間を奪われた。悔しさと面目なさが、娘の心を覆っている。

「泣いても、しょうがないよ。ともかく三河町まで行ってみよう」

お吟は気丈だった。だがさすがに少し、動揺していた。今にも部屋から飛び出そうとしている。

「待て。急いではいけない」

それまでほとんど言葉を発しなかった吉豊が、お吟を呼び止めていた。

「何だよ。ぼやぼやなんてしていられないよ」

かっとなった顔で、お吟は吉豊を睨みつけた。

「攫われたのならば、今から三河町へ行ってもどうにもなるまい。あの狭い印判屋に閉じ込めておくとは思えぬからな。どこかへ、運び去られたはずだ。鎌倉河岸の近くなら、舟で運ばれたということも考えられる」

「そ、そういえば、そうだね」

お吟は、はっとした顔になって、その場にしゃがみこんだ。

「でも、いったいどうすればいいんだよ」

気弱な声が、初めて漏れた。

「朋蔵が原嶋の仲間だったら、必ずそのことをここへ知らせてくるはずだ。自分で来るか、人を使うかは分からぬが」

「じゃあ、やって来たときに、とっ捕まえようってんだね」

「知らせを受けた原嶋は、何らかの動きをするはずだ。来た者をつけるのが上策ではないか」

「なるほど。浅右衛門の旦那も、そう思うのかい」

吉利を見た。縋るような目だ。頷いてやると、お吟は「分かった」と応えて、窓辺に張り付いた。

「念のため三河町も、続けて見張ってもらおう。変事があったら、また知らせに来るんだ」

吉豊は走って来た娘に、再び元の場所へ戻るように伝えた。

「はい」

素直に応えた娘は、青物屋から出て行った。

「誰でもいいからさ、早く来てほしいね」

窓辺に張り付いたお吟は、舐めるように通りを見詰めている。時の流れが、ひどく遅く感じられた。

さらに半刻以上の時がたった。妾宅には、誰も現れない。原嶋らの動きもなかった。

「ここにいるやつらは、朋蔵とは仲間じゃないんだろうか……」

お吟は、痺《しび》れを切らせたのか声に出した。必死に苛立ちを抑えている。お新の身の上が、気になってならないのだ。古い守り袋を握っていた娘は、目を閉じ合掌して何かしきりに呟いていた。

「あれっ」

通りを見下ろしていたもう一人の娘が、不審の声を漏らした。部屋にいた者たちは、人気のない通りに目を凝らした。

何者かが近づいてくる。提灯を持ってはいなかった。

「爺《じい》さんだよ。汚い身なりの爺さん。あれは物貰《ものもら》いだね」

お吟が、声を抑えて言った。少しがっかりしている。人影は酔ってでもいるのか、多少ふらついていた。

爺さんは、そのまま妾宅を行き過ぎるかに見えた。しかし立ち止まると周囲を見回し、それから格子戸を開いた。吸い込まれるように、中へ入っていった。

「あれだね。朋蔵は人を使ったんだ」

小声だが、声に興奮があった。しょんぼりとしていた目に、輝きが戻っている。

一同は、息を詰めて待った。すると妾宅から、人が出てくる気配があった。

まず爺さんが現れ、次に原嶋と檜垣が通りに出てきた。爺さんは二人にぺこぺこと頭を下げると、暗がりの中を去っていった。使いの駄賃《だちん》を貰ったのだろう。

原嶋と檜垣は、表通りに向かって歩き始めた。言葉は交わさない。

青物屋の二階にいた者たちは、足音を忍ばせて外に出た。二人の侍を追ってゆく。

神田川の河岸の道に出て、川下に向かった。夜も更けている。人通りは少なかったが、ないわけではなかった。牛込御門《うしごめごもん》を過ぎたところに船着場があった。原嶋と檜垣はそこへ降りた。

猪牙舟が一艘だけ客待ちをしていた。原嶋と檜垣はこれに乗り込んだ。舟はすぐに滑り出た。

吉利らは、人気のなくなった暗い船着場に降り立った。

「どうしましょうか。河岸の道を追いましょうか」

吉豊が吉利に訊ねた。

「そんなことしなくったっていいよ。ここに停めてある舟を使っちまえばいいんだ」

お吟が言った。言い終わらないうちに、艫綱《もやいづな》を解き始めていた。誰かの持ち舟に違いないが、気にする様子はなかった。

お新の、場合によっては生き死にに関わる非常時である。吉利は頷いた。先に出た猪牙舟は、瞬く間に闇に紛れ込んでゆく。

小舟である。吉豊が櫂《かい》を握り、吉利とお吟が乗り込んだ。三名を乗せた舟が、これを追った。

若い吉豊には膂力がある。初めは離されていたが、徐々に追いついた。あまり近づき過ぎないようについてゆく。水道橋《すいどうばし》、昌平橋《しょうへいばし》、筋違橋《すじかいばし》を過ぎても、原嶋たちが乗った舟は速力を緩めない。ついに大川へ出た。

対岸の町明かりが、ぼんやり見えた。

吉利も吉豊も、視力聴力に秀でている。闇の水上でも、原嶋らを見失うことはなかった。舟は東両国の盛り場に近づき、本所竪川《ほんじょたてかわ》に滑り込んだ。

十一

東両国は昼間のように明かりが灯っている。しかし竪川に入ってさらに東に舟が進んでゆくと、町明かりはめっきりなくなってゆく。水面を行く他の舟の姿は見えなくなった。

橋を二つ潜った。三つ目の橋の手前にある船着場で、原嶋らの乗った舟が停まった。川の南河岸、本所林町《はやしちょう》のあたりである。

原嶋と檜垣は降り立った。檜垣が周囲を見回した後、二人は河岸の道に上がった。追っていた吉豊の漕ぐ舟も、間を置かず船着場へ着いた。乗っていた三名は、音も立てずに舟から降りた。

林町は商家よりも民家が多く立ち並ぶ町である。空き地もぽつんぽつんとあった。夜もだいぶ更けてきているので、明かりを灯している家は少なかった。人気もほとんど見られない。

吉利と吉豊は、まだ未明のうちに起きて、朝の稽古を行なう。暗さには慣れているが、お吟はそうではないらしい。緊張と興奮、それに不安もあるらしかった。慎重な歩き振りで、原嶋らをつけてゆく。

この二名と朋蔵がつながり、盗賊の仲間である証が摑めれば何よりである。けれどもその前に、お新を救い出さなくてはならない。盗賊仲間は、押し入った家の者を殺していた。逃走中の猛火で逆上し、覚えず人を刺してしまった常次郎とは違う種類の男たちである。いざとなればお新の命など、どうとも思わない連中だ。

お新は町の者が見れば、誰もが顔を顰める厄介者である。強請りたかりなど常習の莫連娘だ。しかし火事場から命を救ってくれた常次郎への恩義は、忘れていなかった。

路地に入って少し行くと、古びた民家があった。普段は人が住んでいるとは思えない傾きかけた建物である。原嶋と檜垣は、木戸をこじ開けて中へ入った。

お吟が、生唾を呑み込んだ。

「あの家の中に、お新は必ずいるよ」

呟いた。

原嶋と檜垣が、建物の中に入ったのを見届けると、吉利、吉豊、お吟の三名も、木戸口から庭へ足を踏み入れた。物音は聞こえない。虫の音が小さく聞こえるだけである。

雨戸はすべて閉まっている。中から明かりが漏れてきてはいなかった。まず吉利が、原嶋らが入っていった戸口に、身を寄せた。そして吉豊とお吟がそれに続いた。

耳を澄ませた。微かな物音と、話し声が聞こえる。

「この娘、お前を見張っていたというのだな」

「そうです。ただいくら責めても、なぜ見張っていたのかを言いません。強情な娘です」

頬を打つ音が二つ続いて聞こえた。張り手ではない、拳で殴った鈍い音だ。娘の呻き声が漏れた。お吟の体が、びくっと震えた。

くぐもった声だが、原嶋と話している相手は朋蔵だと、吉利は確信した。剝がれた土壁の隙間から、中を覗いた。お吟と吉豊も、戸口の僅かな隙間に目を押し当てている。

蠟燭の火が一本だけ、室内で揺れていた。淡い光が、娘と男の姿を照らしている。中にいるのは、間違いなく朋蔵だった。お新は後ろ手に縛られ、板の間に転がされている。だいぶ痛めつけられたのだろう、ぐったりした様子だ。着物の裾がめくれて、白い脹脛が剝き出しになっている。髪も乱れていた。

お吟が、吉利の裾を引いた。振り返ると、強い眼差しでこちらを見ていた。目は、すぐにでも押し込もうと催促している。

「待て」

声には出さず、唇の動きだけで吉利は応じた。尋常に立ち合えば、吉豊一人だけでも打ち倒すことのできる相手である。しかし今は人質を取られていた。押し込むならば、お新と男たちが離れたときでなければならなかった。

原嶋が、お新の顔を覗きこんでいる。酷薄な眼差しだ。

「定町廻《じょうまちまわ》り同心や岡っ引きの手の者か」

「さあ、どうでしょうか。ただこいつ、かなりの莫連者です。腕に彫り物なんぞしていますからね」

「我々の素性《すじょう》に気付いた者が、使ったのかも知れんな。だとするならば、そのままにはできまい。放っておけば、我らの首が獄門台に乗ることになる」

「そうですね。もう少し、責めてみましょう」

朋蔵は匕首を取り出し、鞘から抜いた。刀身に、赤い蠟燭の光が映った。刃先を、頰に近づけた。

「愛らしい、せっかくの器量だが、しかたがない。二目と見られぬ面相にしてやろう。どうだ。話す気にならないか」

刃先を、僅かに動かした。お新は恐怖のせいか声も出せない。頰に、一筋血の筋が浮かんだ。

「や、やめろっ」

我慢しきれなくなったお吟が、戸を引き上げた。吉利はその口を押さえようとしたが、一瞬のことだった。放たれた声は、三人の男を振り向かせた。

「ほう。お仲間の登場か」

朋蔵は驚いた気配もなく言った。匕首の切っ先は、お新の喉元に押し当てられている。

お吟と吉豊が建物の中に踏み込んだ。

「あんたらは、常次郎さんだけを役人に捕らえさせ、自分らはのうのうと生き延びている卑怯《ひきょう》な盗人たちだ。三人とも、小伝馬町の牢屋敷へ送ってやるよ」

威勢のいい啖呵だった。お吟は怖さを忘れている。逆上していた。吉豊はこれを、背後から守る形になっている。いざとなれば、自らが飛び出す覚悟だ。

「ふん。わしらが盗人だという証がどこにあるというのだ」

原嶋が穏やかな声で言いながら前に出てきた。お吟よりも、後ろにいる吉豊のことを気にしていた。檜垣は刀の鯉口を切り、じりじりと体を動かしながら攻め込む機会を見計らっている。

吉利は、まだ外にいた。こちらが三人いるということには、原嶋らは気付いていなかった。

朋蔵に、お新を刺させるわけには行かない。吉利は台所口とおぼしい横手にある入り口に廻った。ここの戸には、閂《かんぬき》がかかってはいなかった。押すとすっと開いた。内側に入って、これをしめた。

「この子を、捕らえて乱暴しているじゃないか。それが何よりもの証じゃないか」

「馬鹿な」

原嶋は声を上げて笑った。

「うろんな動きをしていたので捕らえたまでだ。無闇に無辜《むこ》の民を疑うのは邪悪な行ないだ」

「何言ってんだよ。盗人猛々《たけだけ》しいとはあんたのことだよ」

お吟はいきり立った。原嶋は落ち着いている。朋蔵は握った匕首を、僅かの間もお新の首から離さない。

吉豊は、いつでも斬りかかれる態勢を整えていた。居合いの腕は、父親の吉利も認めているところである。もし檜垣が斬りかかれば、一瞬の後に首が飛んでいることだろう。

だが、それはさせたくなかった。捕らえて、公儀の法に則《のつと》った処罰を受けさせなくてはならない。もちろん、お新の命を失うことも、断じてできないことである。

吉利は、原嶋らのいる背後に廻った。柱の陰から吉豊を見た。蠟燭の火は、ここまで届いてはいなかった。原嶋も朋蔵も、こちらの動きには気付いていない模様だ。吉豊と目が合った。

光の届かない暗闇でも、我が子はこちらに気付くはずである。吉利は、刀を鞘ごと引き抜くと向きを変えて見せた。峰《みね》打《う》ちにしろと命じたのだ。

徐々に、裏手から朋蔵とお新のいる場所に近づいてゆく。首筋につけられた匕首を撥《は》ね上げてしまえば、後はどうにでもなる。

吉豊が、微かに頷いた。じりと前に出た。

「動くな」

原嶋が叫んだ。吉豊の動きに、威圧を感じたのかもしれなかった。声に強張りがあったが、それだけに凄味もあった。

「腰の刀を鞘ごと抜け。土間に捨てるのだ。でなければ、娘の命はないぞ」

「そうだ。ちょっとでも妙なまねをすれば、このまま突き刺すぞ」

呼応するように、朋蔵も叫んだ。命を奪う気でいる。獣の本性が、表れ出ていた。

お新の顔が、恐怖で歪んだ。

「ふざけんじゃないよ。そんなことをしたら、あんたをぶっ殺してやる。お新だけを死なせはしないよ」

お吟は前に出た。いつの間にか、手に匕首を握っていた。かまわず突っ込んでゆく。朋蔵と刺し違える腹だと窺えた。

朋蔵はお新を刺す間に、間違いなくお吟に刺される。

「とうっ」

吉利は踏み込みながら刀を抜いた。脇差である。大刀を抜けば、刃先が柱に突き刺さる。もちろん脇差でも、山田流の居合いだった。朋蔵が振り返り、お吟の攻撃をかわそうと、切っ先をお新の喉首から離した瞬間のことだ。

小さな金属音がして、匕首が中空に飛んだ。朋蔵のそれである。

「お吟、身を引け」

叫んだ吉利は、朋蔵の肩を刀の峰で打っていた。ぐしゃっと、鎖骨の折れる音がした。

前のめりに、体が倒れてゆく。

「ああっ」

やや離れた所で、呻き声と肉を打つ鈍い音が二つ続けざまに響いた。吉豊が原嶋と檜垣を、峰で打ち倒したところだった。二つの体が、どうと土間に倒れて行く。

「お新、大丈夫かい」

泣き声を上げながら、お吟は後ろ手に縛られたお新の縄を取り外した。上半身を抱き上げると、それに縋りついた。

乱れた足音が、建物の中に入り込んできた。お吟の配下の娘たちである。

「他にもあった舟を使ってさ、お吟さんらの舟を追いかけて来たんだよ。気が気じゃなかったからさ」

娘たちは、声を揃えて泣いている。涙で化粧が落ち、ぐちゃぐちゃな顔になった者もいる。お新の無事が、何よりも嬉しいらしかった。

ひとしきり泣くと、お吟が娘たちに言った。気丈な顔になっていた。

「この家がこいつらの隠れ家なら、きっと盗人の証になるものがあるはずだよ。捜してみようじゃないか」

「そうだね」

娘たちは家捜しを始めた。押入れの中を覗く者、竈《かまど》の灰の中に手を突っ込む者もいれば床下に潜り込もうとする者もあった。衣服が汚れることなど誰も気にしない。

ささくれた古畳を持ち上げた娘が、興奮の声を上げた。

「こ、これだよ」

一同が集まった。見るとそこに、空になった千両箱と盗人装束が打ち捨てられていた。

十二

曇天だった空に、薄《う》っすらと日の姿が見える。

早朝から昼ごろまで、そして夕刻は、門弟の稽古の時間なので、屋敷内の道場は騒がしくなった。掛け声や踏み込む足音、竹刀の触れ合う音など、離れた場所からでもよく聞こえた。

ただ昼下がりは、少し静かになる。門弟たちも休息をしたり書見をしたり、外出したりするからだ。

麹町平川町の山田浅右衛門の屋敷は、出入りする者はほとんどが男である。門弟はもちろんだが、刀剣の鑑定に訪れる者も武家町人を問わず、男が中心となるからだ。志乃が生きていた頃は、邸内に女の笑い声が響くことがあったが、今はそれもなくなっている。

出入りする女は、四男真吉の乳母と、飯炊きのばあさんくらいのものだった。

ところが今日は、様子が違った。ぞろぞろと十代の娘たちがやってきた。派手な衣服に髪飾り。濃い目の化粧で乱暴な物言いをする者たちばかりである。腕まくりをして二の腕を剝き出しにした娘や、着物の裾を持ち上げて白い脛を出し、門弟の気を引こうとしている者までいる。

「け、けしからん。な、何ですか、あれは」

在吉が顔色を変えて追い返そうとするのを、吉豊が止めた。

四日前、吉利は護国寺門前の女郎屋むつき屋にいたお咲を、請け出してきた。身請けのための費用はお吟ら莫連娘たちが稼いだが、それでもまだ足りなかった。二十七両など容易《たやす》く作れるものではない。その足りなかった分は、吉利が出したのである。

「ありがとうございます。お吟さんやお新さんたちのお陰です」

お咲は涙を溜めてそう言った。居場所がなかったので、とりあえず吉利は身柄を山田屋敷に預かった。晴れて束縛のない身となった。どう生きようと勝手だが、今後の暮らしに手助けが必要ならば、役に立とうと考えた。

「髪をおろして尼僧《にそう》になろうかと思います。亭主の犯した罪を祓い、成仏を祈りたいと思います」

お咲は覚悟を決めていた。それならそれでよかろうと、菩提寺四谷勝興寺の住職に尼寺への紹介状を書いてもらったのである。

今日が出立の日だった。お吟らは、別れを惜しみ見送りをするために山田屋敷へやって来た。

「えらいね。あたしだったら、さっさと新しい男を作っちまうのにさ」

そう言った娘もいたが、おおむねは納得した顔付きをしていた。

「掛け替えのない、人だったんだもんね」

お吟はしんみりした声で言った。ほとんどが火事で焼け出され、親兄弟を亡くした者たちである。常次郎はお咲を請け出したいがために、盗賊の仲間入りをしてしまったのであった。

原嶋と檜垣は、縄をかけたまま目付の手に引き渡した。朋蔵は、町奉行所の手の者に連れて行かれた。三名とも厳しい吟味を受け、ついに霊岸島の酒問屋難波屋へ押し込みを働いたことを白状した。隠れ家から発見された空の千両箱の裏側には、難波屋の屋号が焼印されていた。そこから奪われたものであることは、歴然としている。申し開きはできなかった。常次郎が死の直前に申し出たことは、真実だったことが証明された。

原嶋家はお家断絶、朋蔵の印判屋は闕所《けっしょ》となった。その上で三名には獄門の刑が決まった。吉利が、三名の首を刎ねることになる。

「亡くなった人には申し訳ないですが、私は幸せです。常次郎は最期まで私を大切にしてくれました」

お咲は丁重に頭を下げると、屋敷を出て行った。ややがや声を上げながら、娘たちがそれについてゆく。尼寺までは、吉豊が連れてゆくことになっていた。

「けしからん。兄上は、あのようなあばずれを連れながら、少しも嫌そうな顔をしていない。いや満足そうにさえ見える。父上、厳重なる注意をしてください」

在吉はぷりぷりしながら吉利に言った。

お咲の今日の出立を、お吟らに知らせに行ったのは吉豊である。吉利が命じる前に、むこうから知らせに行くと言ってきた。

無口な息子だから、何を考えているのかは分からない。しかしお吟のことが、気になる様子だった。在吉のようにけしからんとは思わないが、年頃になった吉豊のことが、吉利は気になった。

第二話　濡《ぬ》れ衣《ぎぬ》

一

もともと曇天《どんてん》だった空が、夕刻になってにわかに暗くなった。降り始めた雨は、いっこうにやむ気配がない。

篠突《しのつ》く雨だ。あたりに響くのは、樹木の激しく揺れる音と、獣《けもの》の咆哮《ほうこう》を思わせる雨音だけである。木屑《きくず》や飛ばされた枝葉が、くるくる回りながら瞬《また》く間によぎってゆく。

鉄砲洲稲荷《てっぽうずいなり》の境内《けいだい》には、人の姿は皆無だった。本殿も鐘撞《かねつ》き堂も屋根から滝のように、雨水が落ちている。地べたに叩きつけられる雨は徐々に嵩《かさ》を増し、土地の低いところへさながら川になって流れてゆく。

すぐ近くから、ごうという海鳴りの音も聞こえた。稲荷の裏手は、怒濤《どとう》と化した江戸の海だ。

そこへ、傘《かさ》を差した黒い影が一つ現れた。腰に二刀を差している。

傘を手にしてはいても、横殴りの雨には何の役にも立っていなかった。すでに体中はびしょ濡《ぬ》れになっていた。袂《たもと》や袴《はかま》の裾《すそ》から滴《しずく》が垂れている。傘は風で、今にも反《そ》り返ってしまいそうだ。

本殿の庇《ひさし》の下へ走りこんだ。ここへ入っても、風雨を避けることはできない。地べたも泥水で溢《あふ》れている。しかし庭にいるよりはましだった。傘を小さく開いたまま、立ち尽《つ》くした。強い風が吹くと、体ごと飛ばされそうになる。それでも動かない。

誰かと、待ち合わせをしているようだ。何度かあたりを見回した。

侍《さむらい》の年の頃は分からない。頭巾《ずきん》を被っているからだ。

境内が一瞬、昼間のように明るくなり、雷鳴が轟いた。雷が落ちたのはすぐ近くだ。樹木の焦《こ》げるにおいが、僅《わず》かに漂《ただよ》った。

侍は、小さく声を上げた。一瞬の光の中で、本殿に近づいてくる人影を認めたからである。その男は手拭いで頰被《ほおかむ》りしていたが、傘を差してはいなかった。尻端《しりっぱし》折りをした町人だ。

この男の体もすっかり濡れそぼっていたが、眼光は輝いていた。三十半ばの年齢か、長身だが痩《や》せた体軀《たいく》をしている。

本殿の庇の下に人影を認めると、そこへ駆け込んだ。ばしゃばしゃと泥水を跳ね飛ばした。

「首尾は、上々ですぜ」

後から駆け込んだ男が、最初に言葉を発した。声に興奮があり、自慢げな様子さえ窺《うかが》えた。

「そうらしいな」

侍は寒さを堪《こら》えた顔で言った。絶えず小さく体を揺すっている。

「約束の金を貰《もら》おう。今度こそ、言い訳はさせねえぞ」

町人は掠《かす》れた声で言った。侍を怖れてはいなかった。濡れた首筋や胸、肩先に赤黒く肌が引き攣《つ》れた瘢痕《はんこん》がある。もう死ぬまで消えない痕跡だ。そこを指先でなぞった。

雷がまた鳴った。今度はやや離れていたが、振動は大きかった。それが続けて二つ三つ轟いた。地響きが稲荷全体を襲《おそ》った。

「さあ、さっさと金を寄越《よこ》せ。二十両だ、鐚《びた》一文まけられねえぜ」

雷に気を取られている侍に、町人はせっついた。この金を受け取るために、雷鳴轟く豪雨の中を、ここまでやって来たのだ。

侍は懐《ふところ》に手を突っ込んだ。だがすぐには金を出さなかった。

町人は苛立《いらだ》った。

「出さねえならば、おれはこのまま奉行所へ行く。洗いざらいぶちまけてやる」

腹を据《す》えた物言いだった。激しい雷雨の中を突き抜けても、町奉行所へ駆け込もうという勢いがあった。

「分かった、渡そう。手を出せ」

覚悟を決めたように、侍は言った。腰を引くと、懐から手を出した。しかし手には、小判など一枚もなかった。そのまま刀の柄《つか》を握った。素早く鯉口《こいぐち》を切ると、刀を抜いた。

「金を寄越す代わりに、命を取ろうというわけか」

町人も懐に呑《の》んでいた匕首《あいくち》を抜くと、身構えた。三年前までは堅気《かたぎ》だったが、今は荒《すさ》んだ暮らしをしている。刀を抜かれても、それだけでは怯《ひる》まない。ちらと、目を鐘撞き堂のある方向へやった。逃げ出すつもりである。体の身軽さには、自信があった。

「とうっ」

刀が振り下ろされてきた。すでに傘は開いたまま打ち捨てられ、烈風に飛ばされている。

町人は、本殿の庇の外へ飛び出した。篠突く雨が全身を襲ったが、白刃《はくじん》をかわすことができた。すぐに二の太刀が迫《せま》ってきた。

雨を割って迫ってくる刀を、町人は匕首で受け止めた。逃げては斬られると判断したからである。

「あっ」

打ち下ろされた刀を避けることはできたが、匕首が手から弾かれて雨の中に跳ね飛んだ。

「くたばれっ」

それに気付いた侍は、三度目の刀を振り下ろしてきた。脳天を狙《ねら》っている。だがその剣尖《けんせん》が揺れた。足元の泥水に滑《すべ》ったのである。

体の均衡が崩《くず》れた。

町人はその体に、むしゃぶりついた。相手の、腰の脇差を抜こうとしたのである。渾身《こんしん》の力が籠《こも》っていた。

侍は足を踏ん張って、かろうじて押し倒されるのを堪えた。刀の柄の端で、しがみついてくる男の肩を叩いた。ごきと、鈍い音がした。骨が折れたのが分かった。

「うわあっ」

脇差を抜くことはできなかった。侍の腰に絡《から》んでいた手がはずれた。泥沼になった地べたに、体が崩れてゆく。

侍はその体を蹴ると、今度は刀を相手の胸に突き刺した。

雷がまた、近くで炸裂《さくれつ》した。瞬間境内は明るくなり、断末魔《だんまつま》の叫びを上げた町人の顔が鮮《あざ》やかに浮かんだ。右手を握り締めて、その拳《こぶし》が震《ふる》えている。胸から血が噴き出しているが、降りしきる雨は、その血を洗い流してゆく。町人の体は、すぐにぴくりとも動かなくなった。

侍は刀を鞘《さや》に戻した。そして周囲を見回した。見ている者がいないかと案じたからだが、激しい雷雨の境内に、人の姿などあるわけもなかった。

斃《たお》れている男の両足を摑《つか》んで引き摺《ず》った。顔は目をかっと見開いたまま、苦悶《くもん》の表情に歪《ゆが》んでいる。右手の拳は、握り締めたまま固まっていた。

境内の外れまで運ぶのに、かなり手間取った。何度も足が滑った。ようやく垣根を越えて、土手に出た。ごうという海鳴りが響いて、いつもは穏やかな江戸の海が荒れ狂っていた。

気を許すと、自分の体までが海に呑まれてしまいそうだ。雨だけでなく、波のしぶきが足元を襲っている。

引き摺ってきた体を、海に落とした。瞬く間に、体は黒い荒れ狂う水の中に消えた。

侍はほんの少しの間、体が消えた海を見詰めていたが、すぐに我に返った。土手から、境内に戻ると、横殴りの雨の中を走った。何度も滑りそうになって、ようやく稲荷の境内から道に出た。

すると目の先数間のところに、雷が落ちた。侍は驚きで腰を抜かしそうになった。初めて人を刺し殺したその直後のことである。覚えず腰に手をやった。そしてついさっきまであった印籠《いんろう》を留めていた根付《ねつけ》が、千切り取られていることに気がついた。たった今、海に突き落とした男は、右手を握り締めていた。殺す直前まで、腰にしがみついていたのである。あの拳の中にあるのは明白だが、いまさら取り返しにゆくことは不可能だった。

安政五年（一八五八）

六月六日、夕八時過ぎ驟雨《しゅうう》降出し、七時より猛雨雷鳴強くして、深夜迄に数ヶ所へ堕《お》つる（江戸の内計も凡《およ》そ四十ヶ所と云《い》ふ。近郊にも及ぼせりとぞ）

『武江年表』

二

昨夜の嵐の跡が、道端に残っている。板切れや木切れ、瓦《かわら》の欠片《かけら》や笊《ざる》、箍《たが》のはずれかけた桶《おけ》、どこかのお店の看板、千切れた葉のついた枝。壊れた家の修理に余念のない人もいれば、片付けや掃除に精を出している者もいた。

空には、まだ厚い雲が居座っている。

六月になっても、盛夏《せいか》といえるような日は、まだ一度もやって来てはいなかった。肌寒い日が続いている。単《ひとえ》ではなく、袷《あわせ》を着ている人も珍しくはないこの頃だった。

神田お玉が池の畔《ほとり》に、古材木を集めて作られた簡易な建物がある。板塀に囲まれて、枝振りのいい植木など一本もない。だが昨夜の嵐は、凌《しの》ぐことができたようだ。千切れて飛んできた枝や板切れが、まだ庭に残っていた。建物の中からは赤子の泣き声が聞こえ、出入りする町の人の姿がちらほら見えた。

できて間もない種痘所《しゅとう》である。江戸在住の蘭方医《らんぽうい》が尽力《じんりょく》して幕府の助力を得、先月できたばかりの、天然痘《てんねんとう》の予防施設だ。

蘭方医が在住しているので、すでに天然痘に罹《かか》ってしまった者や、種痘以外の病気で、治療を求めてやって来る者もいた。

この板塀の木戸門を潜《くぐ》って、十名ばかりの娘が声高《こわだか》に喋《しゃべ》りながら中へ入った。年の頃は十一、二から十七、八の者たちである。皆、藍や茶といった何の代わり映えもしない地色の縞木綿《しまもめん》や廉価《れんか》な銘繊《めいせん》を身につけている。中には緋や紫の絞《しぼ》り縮緬《ちりめん》を身につけている者もいるが、ほとんどはちょっと見は地味な色合いだ。しかし娘たちを見ていると、どこにでもいる町娘たちとは明らかに様子が異なった。

二の腕を出して首を掻《か》く者、遠慮のない大あくびをする者、目の合った相手を睨《にら》みつける者。

男物の霰小紋《あられこもん》を着ている者がいた。また子持ち縞やよろけ縞、弁慶格子《べんけいごうし》や三枡《みます》格子。同じ藍や茶といっても、微妙に色が違って裾の折り返しや袖口を濃い地色を使って締め、ちらりと緋や紫の襦袢《じゅばん》がのぞく。ゆるく合わせて着ているので、少し歩いただけでも白い脹脛《ふくらはぎ》がのぞいて見えた。下駄の鼻緒は、皆、目の覚めるような朱色で揃《そろ》えている。

化粧も濃かった。口の紅はひときわ鮮やかだ。どの娘も上唇は淡く紅を塗《ぬ》っている。しかし下唇はたっぷりと載せているので、濡れたような紅笹色に見えた。墨を塗りその上に紅を載せているからだ。

あらかたの娘の髪型は結綿《ゆいわた》か桃割れ。派手な色の手絡《てがら》を巻き、どこか形を崩している。年嵩の娘二人は、切り前髪でじれった結びをしていた。

「あんたたち、がたがた騒ぐんじゃないよ。ここは種痘所だよ。具合の悪い人だっているんだからね」

じれった結びをした一番の年嵩が、騒がしい娘たちを一喝《いっかつ》した。すると娘たちは瞬く間にしゅんとなった。どの娘も、一癖《ひとくせ》ありそうな荒んだ気配をたたえた莫連者《ばくれんもの》だが、じれった結びの年嵩には逆らえない様子だ。

娘たちは、お吟さんと呼んでいる。

「おタキ、池田《いけだ》先生には、しっかりご挨拶《あいさつ》するんだよ。さんざん世話になったあげくに、気苦労をかけたんだからね」

「うん。わかっているよ」

おタキと呼ばれた娘は、十二、三歳。あどけない顔をしているが、首筋にまで濃い化粧をしていた。だがよく見ると、首に塗った白粉《おしろい》の下に天然痘の瘢痕が残っている。

つい半月ほど前に日雇いの大工だった父親と母親、それに妹を天然痘で亡くし、自らもその病で苦しんだ。幸い一命を取り留めたが、天涯孤独《てんがいこどく》の身の上となったのである。

「池田先生はさ、ここにいていいって言ってくれたんだけどさ、おとっつあんやおっかさんの死んじまった種痘所にいるのは辛くてさ、悲しくてさ、抜け出しちまったんだよ」

思い出したのか、おタキはしゃくりあげた。

瘢痕は残ったが、病が完治したおタキは、お玉が池の種痘所を抜け出した。どこをどう歩いたかは分からない。夜は目に付いた稲荷の社《やしろ》の縁下《えんのした》にもぐりこんだ。翌朝も町をふらついたが、前日から何も食べていなかった。水を飲んだだけである。いましも倒れ掛かりそうになったところで、莨連娘たちに拾われた。霊岸島にある娘たちの長屋へ連れて行かれて、飯を食べさせてもらったのである。

拾ってくれたお吟らは、根掘り葉掘り事情を聞くようなことはしなかった。

「あたしたちと一緒にいたかったら、いてもいいよ」

そう言っただけである。十人の娘が共にいて、皆火事や流行病《はやりやまい》で親兄弟を亡くした者ばかりなのだと教えられた。

おタキは種痘所の玄関先で、立ち尽くした。敷居を跨《また》ぐことができない。親子共々さんざん世話になりながら、一言の礼も言わず、断りもなく出てしまった自分を責めているのだ。

「大きな声で、人を呼ぶんだ」

後ろにいたお吟に背中をつつかれて、ようやく声を出そうとしたとき足音が聞こえた。男の足音だ。

出てきたのは、三十代後半の慈姑頭《くわいあたま》の医者である。中背で四角張った顔は浅黒かった。往診にでも出かけるところだったのだろうか。

「お、お前は、おタキではないか。どこへ行っていた。ばか者！」

娘を見た医者は驚き、そして怒声《どせい》を上げた。裸足《はだし》のまま、土間へ駆け下りてきた。おタキの小さな肩に両手を当てて揺さぶった。

「どこへ行っておったのだ。捜しあぐねてな、どれほど案じたかわからぬぞ」

「せ、先生」

おタキの顔が、真っ赤になって歪んだ。わっと声を上げて泣いた。身も世もないといった泣き方だった。その声を聞いて、ついてきた娘たちも洟《はなみず》を啜《すす》った。

「あなたたちが、おタキの世話をしていてくれたのか。かたじけない。私はここの医師で池田多仲《たちゅう》と申す」

ひとしきり胸の中で泣かせた後で、池田はお吟らに向き直った。折り目正しい礼を

「うん。あたしたちと、一緒に暮らすことになったんだけどさ。とにかく先生にそのことを伝えなくちゃならないから、今日は連れてきたんですよ」

相手によっては、年上だろうが身分違いだろうが、平気でぞんざいな口を利《き》き嘗《な》めた態度を取るお吟である。だが池田には、素直な物言いをした。

「あんたたちだけで、食べてゆくことができるのかね」

池田は案じ顔になった。心もとなさを感じたらしかった。

「大丈夫ですよ。あたしたちの中には、どんなに泣いている赤子でも、抱いただけでぴたりと泣き止《や》ませてしまう子守の上手な子や、裁縫《さいほう》のうまい子、字が達者で品書きや看板を書ける子もいる。皆で力を合わせれば、どうにか食べていけるんですよ。いざとなれば、奥の手だってあるからさ」

お吟は笑って言った。自信のある、怯まない口ぶりだ。池田はおタキの手を取った。

「困ったことがあったら、いつでもおいで。役に立つからな」

「うん」

おタキはこっくりした。そのときである。ばらばらと、いくつもの足音が響いた。

一同がそちらに顔を向けると、捕り方を引き連れた定町廻り同心が十手を持って立っていた。

「池田多仲。詮議《せんぎ》の件がある、奉行所まで同道いたせ」

罪人に命じる口調で言った。

「どのような、嫌疑でございますかな」

池田に、慌てた気配は窺えなかった。ただ怪訝《けげん》な顔付きで同心を見返している。

「その方が種痘を施した者のうち、三名が亡くなった。また重症に陥《おちい》った者もいる。それは種痘した牛痘痂《ぎゅうとうかさぶた》の量が、その方の作為により不当に多かったせいだという申し立てがあった。事実であれば不埒《ふらち》なことである」

「亡くなった方には、まことに申し訳のないことです」

池田は沈鬱《ちんうつ》な表情をした。そして続けた。

「ですが私は、接種する牛痘痂の量を故意に増やすようなことはしておりません。身に覚えのないことです」

「申し開きは奉行所でいたせ。我らと共に来るがよい」

同心は池田の腕を摑んだ。捕り縄を出さないだけのことである。

「な、何だよ」

いきなりの無体なやり口に、まず娘たちがいきり立った。

「まあ、待て」

池田は娘たちを抑えた。おタキがまた目に涙を溜めている。

「嫌疑はすぐに晴れるに違いない。案じることはない。ともあれ、行ってこよう」

草履《ぞうり》を履くと、池田は同心たちと共に玄関から出て行った。慌てたり怖れたりする様子はなかった。娘たちと種痘所の者が、しぶしぶ見送った。

三

小石川御門を北へ渡ると、水戸《みと》徳川家の広大な屋敷が眼前に広がる。邸内の樹木は、森のようにどこまでも続いて見える。門番のほかには、人っ子一人いない橋袂に吉利と吉豊父子は立った。水戸屋敷から、蟬《せみ》の声が響いている。

今日も曇天。寒くはないが、まだ六月も中旬だというのに、はや秋が来たのかと思われるほどの気候だった。蟬の音も、どこか頼りなく感じられた。

二人は神田川に沿った道を、左手に向かう。水戸屋敷の他にも、この辺りは大身《たいしん》旗本の豪壮な屋敷が並んでいる。その一つに、聳《そび》え立つ二本の椎《しい》の木が門内すぐの場所に植えられている屋敷があった。

訪ねる先はそこだった。つい先月まで、勘定奉行を務めていた川路聖謨の屋敷である。川路は能吏《のうり》だったが開明的な性格で、四月に大老となった井伊直弼に疎《うと》まれた。今は左遷《させん》されて、西の丸留守居という閑職《かんしょく》に就かされていた。

吉利と川路は旧知の間柄である。刀剣の鑑定を頼まれていた。

山田浅右衛門七代吉利、据物《すえもの》刀法の名手で小伝馬町の牢屋敷内では『首斬り浅右衛門』と怖れられているが、身分は浪人である。徳川家の『御佩刀御試御用』を承《うけたまわ》っていた。将軍家だけでなく、大名や旗本、物持ちの商家などの刀剣の鑑定や試刀を行なうのが山田家の家業だった。

加えて吉利は、『公儀腰物《こうぎこしもの》拝見役』というものを兼務していた。この役は開幕以来、室町幕府からの伝統を持つお抱えの研師《とぎ》本阿弥《ほんあみ》家のみの専任だったが、特に任じられた。代々の山田家では、初めてのことだ。先例格式を重んじる中にあっては極めて異例なことで、それだけ吉利の鑑識眼が評価されていたということになる。

川路屋敷の門前に着くと、門番が深々と頭を下げた。到着を知らせに、中間の一人が屋敷の奥へ走って行った。

通された部屋は、十畳ふた間続きの客間である。手入れの行き届いた庭が見晴らせた。

待つほどもなく、着流し姿の川路が現れた。

「多忙な中を、ようこそおいで下された」

気さくな挨拶をした。目尻にやや疲れの跡が窺えたが、いつもと変わらない口ぶりだった。先日志乃の一周忌の法要を行なったときには、家老が名代《みようだい》として列席してくれた。吉利はまずその礼を述べた。

「いやいや。それよりもご嫡子《ちやくし》は、ご立派に成長なされたな」

吉豊を見て、そう言った。唇に笑みが浮かんでいる。吉豊が川路と会うのは二年ぶりのことだった。

茶菓が運ばれた後で、若い中小姓が一振りの刀剣を持参した。拵《こしら》えはどうということのない、漆塗りの黒鞘である。

「縁者から貰い受けた。なかなかの美刀だと思われるが、惜《お》しいことに刃こぼれが一つある。しかし誰ぞに献上したり売り渡したりするわけではない。わしが所有するだけだ。ただ山田殿に一応は見ていただきたいと考えた。どれほどのものか、取りあえずは知っておきたいのでな」

勘定奉行として才覚を表した川路だが、文弱《ぶんじやく》の徒ではなかった。宝蔵院《ほうぞういん》流槍《そう》術を嗜《たしな》む武人でもあった。

吉利が刀を手に取ると、中小姓の一人が火の灯《とも》った燭台《しよくだい》を部屋の中に入れた。そしてすべての襖《ふすま》を閉め切った。十畳の部屋は暗がりに閉ざされ、明かりは燭台の火一つとなった。

「では、拝見いたそう」

吉利は刀を手に取ると、刃を上にして一気に引き抜いた。燭台の火に向けて、先反《さきぞ》りの刃先をかざした。

刀剣の鑑定を行なう場合、常に光源は一つである。複数の光を受けると、それが刃に乱反射して確かな鑑定ができなくなるからだ。

寸法は二尺三寸、身幅は元幅で一寸。鎬造《しのぎづく》りの刀は川路の言うとおり、一目見ただけで美刀であることは明らかだった。

一筋の光が、刀身を照らしている。

刀は、柔らかい鉄を心かねにして、硬い皮かねで包み込んで打ち伸ばしてゆく。この打ち伸ばしたものを整形して焼き刃土を塗り熱し、後《のち》水槽の中に入れて焼き入れをする。こうして鍛錬《たんれん》することで、一層硬度の高い鋼となった。折れず曲がらずという、刀本来の実用性が養われるのである。

鋼を幾たびも折り返して鍛錬してゆくと、そこには様々な鍛え肌《きた》が現れる。また焼き入れの方法によって、種々の文様が浮かんでくる。吉利が鑑定するのは、地肌と地に現れた働きであった。地肌や刃文の美感は、その刀の価値を決める。

息を詰め、刃を透かした。

互《ぐ》の目の乱れ刃である。板目肌が肌立って流れ、柾目《まさめ》がかかっていた。互の目には足が入り、刃縁に細かく白い粒がある。これを沸《にえ》といった。この沸が繋がって一本の線状となり美しく光って見えた。金筋がかかっているのだった。

金筋は地肌の中にも地景となって窺えた。刀身全体に、澄んだ冷たさがあった。一ケ所だけ微かな刃こぼれがあるが、刀身の美しさを損なうものではなかった。

「茎《なかご》を拝見してもよろしいか」

柄に入る部分を茎という。川路が頷くのを確かめると、吉利は目釘を抜いた。

鑢目《やすりめ》の入った剣形《けんぎょう》である。『武蔵《むさし》清麿《きよまろ》』と銘《めい》が切られていた。まだ新しい。弘化《こうか》年間に、武蔵第一の名工と謳《うた》われた源《みなもとの》清麿の作に間違いなかった。

同道した吉豊にも、刀身と茎を拝見させた。吉利はここでは何も教えない。ただ我が子の目を、刀を見させることで養おうと考えていた。

この一刀が、鑑賞眼を育てる名刀であることは明らかだった。

茎を柄に戻し、目釘を入れる。するとそれまで閉じられていた襖が、するすると開かれた。燭台が片付けられた。

「刀身を見る貴公の顔を見て、その刀が紛《まが》い物ではないことが分かった。わざわざご足労願ったかいがあったということになる」

川路は満足の笑みを漏らして言った。本来ならばこの後、刀の斬れ味を試し斬りという形で確かめる。吉利は斬首後の罪人の体を使って、試刀も行なう。だが川路はこれを求めなかった。

「人を斬るつもりはないからな」

「はい。目の保養をさせていただきました」

吉利も真実の思いを言葉に表した。刀剣は、人を斬るためにだけあるのではない。心を養い、憂《うれ》いや災厄を祓《はら》う役割も持っている。

「勘定奉行の役目を退《の》いてから、ずいぶんとお役目に暇ができた。刀剣を見て楽しむゆとりもできたが、世の中にはざわつく出来事もあって、一筋縄にはいかぬことも少なくない」

運ばれてきた新しい茶を喫《きっ》しながら、川路はふうとため息を吐《つ》いた。屈託《くったく》があるようだ。

「何か、気にかかることが、おありなのですか」

川路は開明的な行動力のある男だが、図々しさやしぶとさにはやや欠けている。鋭い刃物だが、脆《もろ》さも潜んでいる。

「神田お玉が池に、先月種痘所ができたのを、山田殿はご存知であろうか」

思いがけないことを、川路は口にした。

吉利は話には聞いていたが、その種痘所なるものが、具体的にどのような働きをするのか詳しく知ってはいなかった。

天然痘の日本への伝播《でんぱ》は、古くは日本書紀にその記載がある。頭や顔に発疹《はっしん》ができて全身に広がり、高熱を発する。多くの者が死亡し、生き残った者の体には瘢痕を残した。このしぶとい病は人から人へと伝わり、江戸の世になっても治まってはいなかった。

多くの人が、この病の犠牲になったのである。

けれども嘉永《かえい》年間になって、牛痘痂を用いていち早く牛痘接種法を手がけた蘭方医が現れた。牛の痘瘡《とうそう》である牛痘にかかった者は、天然痘に罹患《りかん》しないことが分かってきたからである。英国のエドワード・ジェンナーは一七九八年には、天然痘ワクチンを開発していた。

牛痘接種法が、天然痘予防にもっとも有効であることが、日本でも理解され始めていた。江戸在住の蘭方医が、これを江戸の市民に実施するために幕閣にその効果を説き、援助の要請をしてきた。

勘定奉行を務めていた川路は、その有用性を認め後見役を務めた。神田お玉が池に土地と建物を与え、種痘所を開設させたのである。

「伊東玄朴《いとうげんぼく》や戸塚静海《とつかせいかい》といった優れた蘭方医が、私のもとへ訪ねて参った。牛痘接種の方法により、命を救われた多数の実例を土産《みやげ》にしてな」

ただこの予防法は、軽度とはいえ実際に痘瘡に感染させるため、時には治らずに命を落とす例も皆無ではなかった。

「伊東らはな、熱心に家々を廻り、その有用性を説いて歩いた。接種する牛痘痂の量について、その安全性を究《きわ》め、適量を見極めることに力を尽くしてきた。種痘を受ける者が徐々に増えてきたのは、この者らの功績に他ならない」

「なるほど」

「だがな、困ったことが起こった」

川路は再び、大きなため息を吐いた。

吉利は黙ったまま、次の言葉を待った。どこかで蟬が鳴いていて、川路屋敷はしんとしている。

「伊東の高弟でな、種痘所の留守居をしている池田多仲という者がいるが、これが町奉行所に捕らえられた」

「ほう。どのような咎《とが》でですか」

「目付と町奉行所のもとへ、差出人不明の投げ文があった。長崎からもたらされた種痘用の牛痘痂は、接種する牛痘痂の量が問題になる。少なすぎては効き目が薄く、多すぎては命に危険を及ぼす。その調査のために池田は大目の量の種痘を行なった。しかも、実際の天然痘患者の膿《うみ》を混入させて種痘をした者を死に至らしめた。そして結果として三名の死亡者が出、他にも重症に陥っている者が数名現れていた。医術のためとはいえ、人の命を軽々しく扱うことは不埒であるというのが、捕縛の理由である」

調べてみると、三名の死亡者が出ているのも、また重症に陥っている者がいることも事実だった。そのどれもが、現実に池田が種痘を行なった人物ばかりである。

「本人は、認めているのですか」

「いや、認めてはいない。人の命を、軽々しく扱うような者でないことは、わしもよく存じておる。だが池田が多くの者に接種を行なってきたことは事実であり、患者の膿を容易《たやす》く手に入れることができるのも確かであった」

池田は石見《いわみ》国津和野《つわの》藩の出で、三十八歳。種痘所では中心的な役割を担っている蘭方医だという。

「その池田殿の他に接種を行なった中で、命を失った者や重症に陥った者を出した医師はいないのですか」

「いない。そこが困ったところだ。種痘に用いる牛痘痂の量は、接種する者の判断では変えない。池田もこれを遵守《じゅんしゅ》していたが、このようなことになった。濡《ぬ》れ衣《ぎぬ》だとわしは思っている」

「しかし身の潔白が明らかにならぬ場合には、処罰がくだるということになりますな」

「そうだ。急ぎの探索を行なっているが、池田以外の者が接種することの難しさばかりが明らかになってきてしまった。池田だと断定して憚《はばか》らぬ者も少なくない」

「…………」

「幕閣の中からは、今後の蘭方医術の発展に妨《さまた》げとなるゆえ、速やかに処罰するべきだとの発言が出ている。無実を証明する新たな事実が浮かび上がらぬ限り、この声を抑えることはできない。あと十日のうちには、町奉行は斬首の執行を言い渡すことになる。貴公が斬首を行なうということだ」

実際には罪科を犯してはいなくとも、罪人として目の前に現れれば、首を刎《は》ねなくてはならない。それは執行人として当然のことであり、拒絶することはできなかった。

「刑が確定すれば、池田だけではない。師たる伊東玄朴にも累《るい》が及ぶ。伊東は蘭方医として多くの実績を積んだ男だ」

伊東は五十九歳。佐賀《さが》藩鍋島《なべしま》家の侍医として働いているが、近く幕府の奥医師に推挙される運びになっているという。蘭方医が幕府の奥医師に選ばれるのはこれまでに例のないことである。

「奥医師どころではない。獄に繋がれることになる。そうなっては、優れた二人の蘭方医の将来を奪うことになる」

川路が抱えている屈託の意味が分かった。それは他人事ではなかった。吉利には、罪人の首を落とすことでさえ、命を奪うということへの鬱屈《うっくつ》があった。無実の者ならば、なおさらである。しかも斬首の執行は、十日ほどのうちには行なわれるという。

「冤罪《えんざい》だということですが、池田殿、もしくは伊東殿に恨《うら》みを持つ者や敵対する者はいるのでしょうか」

「それを、わしは手の者に探らせている。だが今のところは、無実を証明する何の手がかりも得られておらぬ」

潔白を明らかにする何かの証拠が必要だということであった。

「それでは、私も探ってみましょう」

吉利は、控えめな口調で言った。探し出せる自信が、あるわけではなかった。ただ無実の者の首を落とすようなことがあってはならないと考えたからである。

「池田殿の種痘によって、命を失ったり重症となったりした者の住まいや名がお分かりでしょうか。分かるなら、お知らせいただきたく存じます」

「承知した。かたじけないことである」

川路は中小姓を呼ぶと、池田多仲捕縛に関する綴《つづ》りを持ってこさせた。

四

川路屋敷を出た吉利は、そのまま湯島《ゆしま》へ向かうことにした。

「その方はどうする」

吉豊に問いかけた。

「少しでも冤罪の可能性のある者の首を刎ねては、死ぬまで慙愧《ざんき》の念を持ち続けなくてはなりませぬ。そのようなことがあってはなりませぬから、私も探索に加わりたく存じます」

「そうか」

自分と同じことを考えていると、吉利はその言葉で分かった。斬首を執行する者としての畏怖《いふ》と矜持《きようじ》が感じられた。返答に満足した。吉豊も二十歳《はたち》になる。いつの間にか成長したと思った。

二人は、神田川に沿った道を東に向かう。川面ははるか下に見えて、小舟が一艘《いつそう》だけ浮かんで見えた。

池田の種痘によって命を失った者の一人は、湯島天神近くに住まう徒歩《かち》組の服部《はつとり》という御家人《ごけにん》の隠居だった。五十六歳になるが、これまでに大病を患《わずら》ったことのなかった人物だという。

五歳になる孫娘が、天然痘に罹った。危うく命を落とすところだったが、手当てに当たった池田の迅速かつ適切な処置によって、僅かに瘢痕が体に残りはしたが一命を取り留めた。

池田は、そこで種痘の重要性を説いた。感じ入った服部の家の者は、病に罹った娘を除いて全員が種痘を受けることになったのである。そして甚兵衛《じんべえ》という隠居だけが重病となり、命を失った。

「まずは、そこへ行って話を聞いてみましょう」

吉豊は言った。そして続けた。

「池田殿は、何者かに濡れ衣を着せられているということですが、いったいどのような恨みを買っているのでしょうか」

「恨みだけとは限るまい。邪魔だと思われているのかもしれぬ」

「人を陥れるために病の根を使い、罪のない者の命を奪うなどというのは言語道断です」

吉豊は感情を表に出さない芯《しん》の強い性格だが、珍しく言葉尻に怒りがあった。

小石川から湯島までは、そう遠い距離ではない。四半刻（三十分）も歩かないうちに、服部家のある徒歩組組屋敷の家並みについた。百五十坪ほどの木戸門の建物が続いている。

通りがかった前髪の若者が、亡くなった服部甚兵衛の屋敷を教えてくれた。

組屋敷の家々では、庭に樹木や花を植えている家は少なかった。耕して青物を育てている。徒歩組は七十俵五人扶持《ぶち》だが、これではなかなか暮らしにくい。庭を畑にすることで、食の助けにしているのだった。

服部の家も同様である。老女が庭で茄子《なす》をもいでいた。側で四、五歳ほどの幼い娘が、泥饅頭《どろまんじゅう》を作って遊んでいた。

「天候が良くないので、育ちもよくありません」

庭先から覗いていた吉利と目が合うと、老女が言った。手のひらに、萎《しな》びた茄子が二つ載っている。

吉利が来意を伝えると、老女は「まあ」と驚きの声を漏らした。数日前にも、目付の下役や町奉行所の者が、池田多仲に関する話を聞きに来たという。老女は、亡くなった甚兵衛の妻女だった。

「連れ合いが種痘がもとで命を失ったのは、残念なことです。池田先生を恨む気持ちがないと言えば嘘になりますが、どうしようもないことだったという気もします」

目に、薄《う》っすらと涙を溜めて言った。

「夫の命が奪われても、憎んではいないということかね」

「池田先生には、この子が病になったときには、それはもう親身な治療をしてもらいましたから」

泥遊びをしている幼子を、老女は指差した。あどけない顔付きで、手足を汚して遊んでいる。手足に、瘢痕がちらと窺えた。

初めに孫娘が高熱を発し頭痛を訴えた。発熱後三、四日目にいったん解熱したが、頭部や背中、手足を中心に皮膚色よりはやや白色の豆粒状の丘疹ができ、全身に広がった。そして数日後には、再び驚くほどの高熱が襲ってきた。嘔吐《おうと》もあった。

当初は、近くにいた漢方医に治療をしてもらっていた。しかし漢方医はその時点で、匙《さじ》を投げてしまった。そこで噂《うわさ》に聞いていた種痘所へ駆け込んだ。居合わせた池田多仲が、往診をしてくれたのである。蘭方医には幾分かの怖れも感じていたが、藁《わら》にも縋《すが》るという気持ちだった。

池田は落ち着いた様子で幼子に接し、丁寧に体の隅々を診《み》た。そして天然痘だと診断を下した。できた丘疹は、頂上の部分から水疱《すいほう》となると診断した。症状はその予告通りに進行した。痛みが現れ、化膿《かのう》した後は痘疹が乾燥して激しい痒《かゆ》みが襲ってくる。これらについて迅速な対応をし、家の者に助言を行なった。

「頼まなくても、向こうから訪ねてくださった。どれほど心強かったか分かりませんね。この子が快癒《かいゆ》したときには、夫も私も池田先生を拝みたいような気持ちになりました」

「なるほど」

「ですから、種痘を受けるように勧められたときにも、誰も不安には思いませんでした。そして甚兵衛が発熱した折も、飛ぶようにして来てくれました。それはもう、丁寧に診ていただきましたよ」

そのときは孫娘よりも重症で、膿疱《のうほう》が目に見える部分だけでなく、肺腑《はいふ》にもできたと診断された。あれこれ手を尽くしたが、重篤《じゆうとく》な呼吸不全によって甚兵衛は亡くなった。瞬く間のことだった。

「池田殿はその痘瘡について、何か申したことはなかったのですかな」

「種痘をしただけでは、こうはならないと言いました。どこかで重症の者から罹患したのではないかと……」

「ご内儀は、どう思われたのかな」

「私も、そうだと思いました。池田先生が、非道なことをなさるとは考えられませんでしたから。ですから捕らえられたと聞いたときは、何かの間違いではないかと話しました」

「どこで罹患したか、見当がつきますか」

それまで黙っていた吉豊が、初めて口出しをした。天然痘は、飛沫《ひまつ》感染や接触感染によって発病する。罹患した相手が分かれば、池田の容疑が薄れると考えたのかもしれなかった。

「それは……」

老女は、困惑した表情を見せた。何度も思い起こしたが分からない。甚兵衛も何も話してはいなかったという。

吉利と吉豊は、次に浅草上平右衛門町《あさくさかみへいえもんちょう》へ廻った。大川に近い、神田川の北河岸にあたる町である。ここでは桶屋の十七歳になるトメという名の娘が、池田の種痘のせいで亡くなったことになっていた。

店先に立つと、四十半ばの男が鑿《のみ》と木槌《きづち》を握っていた。細かい木屑《きくず》が、仕事場に散らかっている。真新しい大小の桶が、いくつも積まれてあった。仕事をしていたのは、トメの父親芳吉《よしきち》だった。

「種痘なんて、初めからやるつもりはなかった。近所の連中がやれやれって言うから、しかたがなくやったんだ。そしたらこのざまだ。池田なんて野郎は医者じゃねえ。人の命を奪う盗人《ぬすっと》ですぜ」

問いかけると、芳吉は顔に怒りを籠めてぶちまけた。首筋や顔が赤味を帯びている。

「種痘を受けてから、発病したのかね」

「そうでさあ。二日ほどしてから、急に高い熱が出た。びっくりしましたぜ。あんな辛い思いをさせて死なせちまうなんて」

苦しんで亡くなった娘の姿が脳裏《のうり》に浮かんだのか、芳吉は目に涙を溜めた。

仕事場の隅に、十五、六の小僧がいたが、体を縮め脇目も振らずに箍になる竹を削《けず》っていた。息を潜めて、やり取りを聞いている。親方は愛娘《まなむすめ》を亡くしてから悲しみもし、まただいぶ荒れていたのに違いなかった。

「池田は病を聞いて、手当てにやって来たのかね」

「そりゃあ、来やしたよ。顔色を変えていやがった。でも、病の様子を見に来たんでしょうね。あれこれやっていたが、病は重くなるばかり。おまけに、ああしろこうしろと、うるせえことを言いやがる。挙句《あげく》の果てに、娘はとうとう逝《い》っちまった。おかしいと勘繰《かんぐ》っていたら案の定、あいつは命に差し障《さわ》りがあるほどの膿を娘の腕に塗っていたということだった。捕らえられただけじゃ気がすまねえ。さっさと獄門にしてもらいたいところですよ」

芳吉は一気にまくし立てた。

「近所の評判は、良かったのかね」

「面倒見のいい医者だっていうことでしたね。重い病も手当てが早くて確かだから治ったっていう話だが、こちとらじゃあ娘の命を取り上げられている。種痘をする前は、何しろぴんぴんしていたんですからね」

それが一月もしないうちに、亡くなってしまった。

「どこかで、症状の重い患者に近づいたということはなかったのかね」

「ありやせんよ。天然痘の患者になんて、誰もはなっから側へは寄りませんからね」

芳吉は決め付けるように言った。

娘の命を奪われた父親ならば、当然の怒りなのかもしれなかった。同じ桶屋を営む家への縁談も、持ち上がっていたという。

三人目は、深川佐賀町《さがちょう》の魚油問屋の幼い次男坊である。遠道になるので、吉豊が一人で向かった。吉利は、神田お玉が池にある種痘所へ行ってみることにした。上平右衛門町からは、四半刻もかからず行ける距離である。

五

お玉が池は、神田松枝町《まつえだちょう》の一角にある。この町には、昔から染物を業《なりわい》とする者が多かった。薄曇りだというのに、物干し場に布を晒《さら》している家が少なからずあった。風で、ひらひら揺れている。

近くに大きな剣術道場があって、稽古の掛け声や竹刀の打ち合う音があたりに響いていた。

種痘所は池の畔にあった。接種を受けに来たのか、何名かの町人の姿が見えた。年寄りか幼子を連れた女房である。天然痘は、発病すると三人に一人は命を失っていた。それを怖れる者も少なからずいて、噂を聞いて自ら訪ねて来る者もあるらしかった。

吉利は建物の入り口で、幼子を連れた女房と話をしていた医者とおぼしい若い男に声をかけた。

「川路聖謨様より話を伺って参った。伊東玄朴殿にお目にかかりたい。拙者《せっしゃ》、山田浅右衛門と申す」

そう伝えると、若者は「おや」という怪訝な顔をした。山田浅右衛門という名を知っているかに見えたが、改めて何かを言いはしなかった。

「どうぞ」

丁寧に吉利を奥に案内した。廊下を歩いていると、微《かす》かな薬品のにおいがした。
十四、五畳ほどの、医師の控え室らしい部屋に通された。板の間である。医師とおぼしい、身なりの良い五十代の男が四名いて話をしていた。

部屋の隅には文机が二つ置かれて、上に書物や帳面が積んである。異国のものらしい書物もいくつかあった。壁には人体を切り開き、五臓六腑《ござうろっぷ》を示した図が貼られていた。記されている文字は阿蘭陀《おらんだ》文字で、吉利には見当もつかない。

「私が、伊東です。どうぞこちらへ」

長身痩軀《そうく》、頰骨の出た眼光の鋭い男が立ち上がって招いた。向こうの方が年上だが、川路の知り合いだということで、礼儀を踏まえた態度を取ったものと思われた。

向かい合って座ると、吉利は川路と話した内容について伝えた。

「そうですか、それはありがたい。池田は病の解明に熱心な男ですが、そのために訪れて来た者を危険な目に遭わせるようなことは、断じてしない者です」

伊東は断言した。目にはっきりとした意志が浮かんでいる。

伊東の言葉を聞いて、同室していた他の三名の者もしきりに頷いた。どの顔にも、苦渋が窺えた。池田が捕らえられたことに、心を痛めている様子だった。

「ここにいる者は、皆、種痘所を建てるのに尽力した蘭方医です」

そう言って伊東は、一人一人を吉利に紹介した。

一番年嵩なのが、六十歳前後の白髪の人物で戸塚静海といった。小柄だが、背筋をぴんと張った学者肌の医者だった。横顔が気難しそうに見える。薩摩《さつま》藩医だという。

伊東とほぼ同じ五十半ばの恰幅のよい人物が、長谷川亮鐸《はせがわりょうたく》。口ひげを蓄えていた。医者というよりも勘定方の能吏といった風貌《ふうぼう》だ。芝《しば》で開業をしている。

中背《ちゅうぜい》で、髪も黒々としている精悍《せいかん》な面差しをしているのが、大槻俊斎《おおつきしゅんさい》といった。仙台藩医である。

伊東と戸塚、それに長谷川は、同時期に長崎の鳴滝《なるたき》塾でシーボルトから阿蘭陀医学を学んでいたという。戸塚も長谷川も大槻も、伊東の高弟である池田とは昵懇《じっこん》で、その人柄については太鼓判を押した。

「かの者に限って、患者の膿を種痘用の牛痘痂に混入させることなど、あり得ませんな」

長谷川は、怒りを抑えて言った。

「この種痘所を出るのは、患家を廻るときだけでござった。日暮れて酒を飲みに出たという話も、めったに聞きませなんだな」

そう言ったのは、戸塚だった。うんうんと、大槻が相槌《あいづち》を打った。

「種痘用の牛痘痂は、どのようにして貯えておくのでござろうか」

道々考えてきたことを、吉利は口にした。

濡れ衣を着せようと謀《はか》った者が、池田が種痘に使用する牛痘痂に、事前に重症患者の膿を混入させることが可能なのかどうか。それができる状況であるならば、そこを探れば混入させた人物を割り出せるのではないかというものである。

「ご覧いただきましょう」

伊東は立ち上がって、吉利を薬品が保管されている部屋へ連れて行った。

「ここです」

建物の北側にある、戸に錠前《じょうまえ》のかかった部屋だった。伊東は懐から鍵《かぎ》を取り出した。穴に差し込んで回すと、錠前はカチャリと音を立てて開いた。

部屋に入ったのは、吉利と伊東だけである。

「ここは、常に錠前をかけておいでなのですな」

「さよう。種痘所には、誰もが出入りできますからな。しかしこの部屋には、当所の者以外には入室することができませぬ」

「錠前の鍵を持っているのは、伊東殿の他には、どなたですかな」

「私も、常時は持っておりませぬ。常に持っていたのは、留守居である池田だけでござった」

「ほう」

「池田が捕らえられたわけの第一は、これでしてな。牛痘痂の管理一切が、あの者の手に委《ゆだ》ねられていたからです」

伊東は部屋の戸を開けた。八畳ほどの一際《ひときわ》冷気の籠《こも》った部屋には棚が並び、薬剤を入れた様々な大きさの壺《つぼ》や木箱が置かれていた。硝子《ガラス》の瓶《びん》もある。得体の知れない液体が、収められていた。

「長崎から運ばれた牛痘痂は、使われるたびに量をはかり帳面に記載されます。しかしここで、他から入手した患者の膿を種痘用のものに混ぜることは可能です。池田ならば、それができたのです」

「患者の膿は、どうやって手に入れるのですかな」

「それは容易いことです。江戸中には天然痘の患者が、必ずどこかにはいます。蘭方を齧《かじ》った医者のはしくれならば、誰でも採取することができます。もちろん当所にもありますが」

伊東は、沈鬱な顔付きで言った。

「だとすると、池田殿が種痘をした者のもとへ何者かが後日廻り、新たに膿や痂《かさぶた》を使って感染させることも、できないことではありませんな」

吉利がそう言うと、伊東ははっとした顔になった。

「どの医者が、どこの誰に種痘をしたか、それは帳面に記載されているのですかな」

「もちろん書き残しております。また大勢のいる中で種痘は行ないますから、誰が誰に行なっていたかは帳面を見なくても分かるはずです」

「なるほど」

吉利は腕組みをした。少しずつ、ここでの状況が理解できてきた。

「池田殿、もしくは師であるご貴殿を恨んでいる者は、いるのでござろうか」

「それは……」

伊東は、ふうとため息をついた。そして吉利を見詰めなおすと、言葉を続けた。

「蘭方といえども、完璧ではございませんからな。また診立て違いがないとも断言はできませせぬ。関わった患者の中でも、救いきれず命を失った者もありまする。池田も私も、恨む者がないとは申せません」

人事を尽くしたが、命を救えなかった例を挙げてもらった。病名と没した者の名も訊いた。伊東にとっては愉快な話題でなかったはずだが、帳面を繰りながら明確に述べた。

「うむ。治療に関わっていれば、そういうことはありましょうな。ではそれ以外のことで、恨まれる覚えはありませぬかな」

「さあ、どうでございましょうかな」

伊東は考え込んだ。なかなか返事ができない模様である。

「では、ご貴殿や池田殿に変わったことは起こっておりませぬかな」

「そうですな。取り立ててはありませぬが……。そうそう一つありました。私は将軍家の奥医師に推挙されているとのことでござった」

「蘭方の医師という例は、今までにはないのでは」

「さようです。将軍家定《いえさだ》様におかれましては、脚気《かっけ》に悩まされ、またしぶとい病に苦しまれておいでだと伺っておりまする。蘭方も、お役に立てると存じております」

将軍家奥医師として、初めて蘭方医にも門戸が開かれる。蘭方の医術が、公式に認められるということだった。ただ伊東には、誇らしいという気配は感じられなかった。愛弟子《まなでし》が捕らえられているからだろうか。

「推挙されているのは、ご貴殿だけですか」

「いえ。先ほどご紹介しました戸塚と長谷川も推挙されていると聞き及んでおりますが」

「将軍家の奥医師になるということは名誉なことだが、推挙されれば必ず任じられるのでござるかな」

「いや、そうではございませぬな。せいぜい一人か二人でございましょう。誰がなっても、名誉なことでございます」

「まあ、そうではあろうがな」

ひんやりと冷気の漂《ただよ》う薬品を収めた部屋から、吉利と伊東は出た。

伊東がカチャリと錠前をかけた。弟子の池田が斬首となれば、師である伊東にも累が及ぶ。奥医師どころではなくなるはずだった。

庭で、吉利を伊東のいる控えの部屋まで案内した若者が、箒《ほうき》を持って掃除をしていた。二十代半ばごろの年頃だろうか。脇差を差してはいなかったが、髪型も身なりも武家のものだった。他にも、廊下を雑巾《ぞうきん》掛けしている者がいた。

「あれは、当所の医者の卵ですかな」

吉利が問いかけた。

「いや。そうとは限りません。箒を持っているのは、長谷川殿の甥《おい》ごで佐賀藩士です。雑巾掛けをしているのは、戸塚殿の内弟子で蘭方医の見習いですが」

どちらも、骨惜しみせずに体を動かしていた。大槻の弟子だという若者が、桶に水を汲《く》んで運んできた。雑巾を濯《すす》ぐためらしい。この男は、力自慢のようだ。一番たくましい体つきをしていた。

彼らは所属する藩は違うが、何やら言葉を交わして笑い合った。

種痘所は、江戸に住まう蘭方医が総力を挙げて設立した医療所である。関わる者は、奥医師に推挙をされるような熟練の医師から、その弟子や身内まで、すべての者が大事に思って支えていると伊東は伝えたいらしかった。

長谷川の甥は、杉浦勘助《すぎうらかんすけ》。戸塚の内弟子は内藤松次郎《ないとうまつじろう》。大槻の弟子は仙台藩士で内《うち》山慎之丞《やましんのじょう》というのだと教えられた。いずれも師と共に、ここへはよく顔を出している者たちだということだった。

「では、種痘所に専属する医者もいるわけですな」

「それはおります。池田の他に、二名の医者が詰めております」

伊東は、施術を行なう部屋へ吉利を案内した。三十前後の医者が、小さな刃物を使って、訪れてきた者に、種痘を行なっていた。

一人は目の大きいひげ面で、久留米《くるめ》藩士の田所仁峰《たどころじんぽう》。もう一人は日焼けした、医者というよりも大工職人といった感じの大前了庵《おおまえりょうあん》だそうだ。大前の父親は幕臣である。

田所は不安そうな来訪者に、気さくな笑顔で語りかけていた。ひげ面は威厳というよりも、愛嬌になっている。大前はいかにも実直そうな堅物といった印象だ。

「彼らは捕らえられた池田殿と、不仲であったということはありませんか」

吉利は思いついて、問いかけた。名の挙がった五人の中で、池田を陥れるために、細工を施すような者はいないかと問いかけたのである。

「いや。それはありません。蘭方という、同じ志を持つ者たちですから」

問いかけられた伊東は、僅かに困ったという顔をした。だがすぐに表情を変えた。一人一人を、信じたいということらしかった。

六

早朝の、淡《あわ》い日差しが庭先を照らしている。居座った厚い雲は、今日も夏の日差しを江戸の町から遮《さえぎ》っていた。

それでも、どこかから蝉の鳴き声が聞こえた。

洗面を終え、衣服を整えた吉利はいつものように仏間に入った。花を活《い》け燭台に火を灯す。先祖の霊に合掌し念仏を唱えることで、山田家の平安と末永い安寧を祈願する。線香の伽羅《きゃら》の香が、室内に満ちてゆく。

誦《しょう》し終えると、吉利はやや体の向きを変える。『罪業消滅万霊供養』と記された位《い》牌《はい》の後ろにある、あまたの刑死人たちの位牌に改めて両手を合わせる。鎮魂《ちんこん》と成仏を願うのだ。

そして最後に、吉利は志乃の位牌に問いかける。

吉利はこれから、小伝馬町の牢屋敷へ向かう。斬首刑の執行をし、その後は刑場内にある御試場で試し斬りを行なう。死罪の付加刑として、遺骸《いがい》に恥辱《ちじょく》を与えるのが目的である。幕府腰物方の検分を受けて、刀の切れ味を試すのも役目の内だった。

牢屋敷へ向かう朝は、気持ちが重い。しばしの間、志乃の位牌に語りかけることで、胸中に浮かぶざわめきを抑えた。

本日斬首を行なうのは、辻斬りを行なった御家人と、主殺しの奉公人である。犯した罪は、我が身をもって償《つぐな》わなければならぬ。どちらも罪状の明白な者たちだと聞いているが、それでも吉利の気持ちが軽くなるわけではなかった。

「まして冤罪の疑いのある者の首は、落とすことがあってはならぬ」

この思いがすぐに浮かんでくる。

蘭方医池田多仲が牢屋敷に捕らえられていることは、大きな屈託として吉利の胸中に残っていた。川路は、死罪の執行は十日以内のことだと言っていた。今日の斬首には次男の在吉を同道し、吉豊には池田の一件を明らかにするための探索に当たらせることにした。

「あなたは、ご自分の納得がゆくようになされればいい」

志乃の位牌を見詰めていると、その声が聞こえてくるような気がした。吉利の逡《しゅん》巡《じゅん》を見抜き、背中を押してくる。

亡くなって一年余りの月日が過ぎても、志乃はまだ吉利の心の中に生きていた。

手がかりは皆無である。池田は実直な才知ある蘭方医で、恨みを持つものがないとはいえないが、犯行には医術の知識が必要であった。天然痘の膿や痂を素人《しろうと》が弄《いじ》れば、自らが重い病を背負い命の危険に脅《おびや》かされることになる。

天然痘についてのそれなりの知識があり、池田の種痘の実施を利用できる者を、まず洗ってみようと吉利は考えた。

となると種痘所内の医師ということになる。昨日、深川から戻ってきた吉豊と話をした。

「長谷川亮鐸、戸塚静海、大槻俊斎らは患者の膿を得ることができ、池田の動きを掌中の出来事のように知ることができた。見た目だけでは、悪事を働くようには考えられぬが、探ってみる必要はあるだろう」

「ただその蘭方医の方たちは、種痘所の重鎮で実際に手を下すとは思われませんが」

「そうだな。やっているとすれば、口の堅い弟子や身内ということになるだろう」

長谷川の甥杉浦勘助、戸塚の内弟子内藤松次郎、そして大槻の弟子である内山慎之丞の三名がそれだ。これに加えて、若手の医師である田所仁峰と大前了庵がいた。どれも今の時点では犯行は可能である。

吉豊は先刻、気の利く弟子を連れて、彼らの動きを探るために出かけて行った。

「父上、朝餉《あさげ》の用意ができました」

廊下から、在吉が声をかけてきた。牢屋敷への供はいつものことではないので、緊張した声だった。

嫡子の吉豊は、自らの気持ちを目顔や言葉にはほとんど表さない男だが、次男の在吉はそうではなかった。驚きや思い、好き嫌いが顔に現れ出る性質だった。

今日は主殺しの奉公人の斬首を任せると話してある。剣の腕前では吉豊に及ばないが、しぶとさだけは兄を凌駕《りょうが》していた。だがそれでも込み上げてくる緊張は抑えきれないらしかった。

斬首の執行は山田家本来の役務ではないが、この家に生まれた男子には避けることができない。付加刑である試し斬りを行なうことも同様である。これによって刀の切れ味を証明することができた。

刀剣の鑑定と試刀こそが、山田家の家業ということになる。

また試し斬りされた遺体から、肝臓や胆嚢《たんのう》、胆汁を採取することが許されていた。これらを乾燥させ、人胆丸《じんたんがん》という丸薬を作った。内臓の病や強壮に効果が表れ、愛好する者が多かった。そのため大身旗本や小大名を凌駕する収入が、山田家にもたらされた。

代々の浅右衛門は、この実入りを斬首によって死んでいった者たちのために惜しみなく使ってきた。いくつもの供養塔を立て、鎮魂のための法事を行なった。

斬首に際して、土壇場に座した科人《とがにん》の心の叫びを、否応なしに耳にすることになる。命を奪うことで、逆にその尊さと掛け替えのなさに、代々の浅右衛門一族は気付かされてきたのだ。

ただ若い吉豊や在吉は、その重さにたじろぐ様子だった。

斬首が行なわれた晩は、麴町平川町の山田屋敷では吉利を含め刑場に出向いた者たちで酒を飲む。通夜をかねて、身を清めるのである。

若い者は痛飲《つういん》する。斬首に立ち会った怖れを祓うのだ。まだ生きることができたはずの命の終わりに、関わってきたのである。

夜半になって、種痘所にいた若手の者たちを探りに出ていた吉豊と門弟が戻ってきた。

「どの者たちも、乱れた暮らしをしている様子はありませんでした」

種痘所に詰めている田所と大前は住み込みで、ほとんど外出する暇がなかった。五月七日の開設以来、常に所用に追われて一日を過ごしていた。種痘だけのために人が訪れて来るのではなかったからである。様々な病を抱えて患者がやって来た。それを追い返すことはできなかった。

杉浦勘助は、江戸詰の佐賀藩士といっても軽輩で、非番には伯父の長谷川に随行《ずいこう》して患家を廻ったり、屋敷の手伝いをしたりしているという。戸塚の内弟子内藤松次郎、そして大槻の弟子である内山慎之丞は、どちらも家の跡取りではなく師に認められて弟子となった。医術で身を立てるために、真摯《しんし》な修業をしているというのであった。

それぞれの屋敷の奉公人や出入りしている患者、また親交のある医者からも話を聞いてきた。医術の習得に熱中するあまり寝食を忘れたり、歩きながらも書を読んで人や物によくぶつかったりするという者もあったが、近所の者が眉《まゆ》を顰《ひそ》めるといった手合いではなかった。

池田や伊東に対して、恨みを持っている気配も窺えなかった。

「暮らしぶりを探るだけでは、犯行をあぶりだすことは難しいと思われます」

田所と大前はもちろんのことだが、杉浦も内藤も内山も、種痘所への出入りはたびたびあった。師に同道することもあれば、命じられた用を携《たずさ》えて一人でやって来る。皆顔見知りだった。行動を怪しんで見る者などいなかった。

「池田殿の一件に、繫がりが浮かばぬということだな」

「そうです」

「ならば、違う調べ方をしなくてはならんな」

話を聞き終えた吉利は呟《つぶや》いた。

七

午前中、芝にある薬種問屋の主人が、山田屋敷を訪ねてきていた。人胆丸を仕入れるにあたっての、相談のためである。

対応は吉利と在吉が行なった。薬種問屋の主人は少しでも安く仕入れようとするが、その交渉には、実直な吉豊よりも万事に融通が利き、弁舌も巧みな在吉の方が向いていた。十八という若さにもかかわらず、問答をして引けをとらない。頑《かたく》なに言い値を守った。

健康な生き肝を合法的に手に入れることができるのは、江戸広しと言えども山田家だけである。在吉は何を言われようと、その独占的な価値を強調する。斬首の折には緊張していた顔が、交渉になると活き活きとしてきた。

薬種問屋の主人が帰り、昼食を済ませると吉利は外出の支度をした。池田の一件で、思いつくことがあったからである。

「どちらへお出でになるのですか」

気がついた吉豊が、問いかけてきた。

「京橋へ参る。お吟に用事を頼もうと思ってな」

「種痘所のことですね。それならば、私も参ります」

にこりともせずに言った。

お吟は京橋界隈を縄張りにする、札《ふだ》付きのあばずれ娘である。十人ほどの配下を持って、強請《ゆす》りやたかり、ときにはかっぱらいなどもする。派手な身なりで傍若無人《ぼうじゃくぶじん》。町の厄介者《やっかい》だが、親や身内はいない。火事や疫病で天涯孤独となった十歳から十七、八の娘たちが寄り集まって、暮らしを立てていた。

義理堅い一面もあり、つい最近用事を手伝ってもらった。思いがけず機敏な動きをし、迅速な判断のできる娘だと知った。

使ってみようと考えたのである。でたらめな暮らしぶりだが、信じられる部分を持っていると感じていた。

「ならば、ついてこい」

吉利は応じた。

一見、礼節や慎《つつし》みの欠片《かけら》もない莫連娘たちを、普段は磊落《らいらく》で鷹揚《おうよう》に見える在吉は蛇《だ》蝎《かつ》のごとく嫌っていた。しかし驚いたことに、吉豊はそうではなかった。朴訥《ぼくとつ》な面は変わらないが、お吟にぽつりぽつりと話しかける。何を言ったのかは分からない。楽しそうにも見えないが、つまらない風にも感じなかった。

在吉は時折気の合う門弟たちと、夕刻から遊びに出ることがある。しかしそういうことがまったくといってよいほどない吉豊が、莫連娘と関わるのを見ると吉利は不思議な気がした。何を考えているのだろうかと思うこともあるが、問いかけたことはなかった。

麴町から、千代田の城を南廻りで京橋に出た。町の中央を貫く大通りは、今日も賑わって人や荷車が往来し、馬や牛が荷を引いていた。

「はて、あの者らはどこにいるかの」

お吟らの住まいは、霊岸島である。近隣の者は、誰もがその悪辣《あくらつ》振りを知ってい
た。とばっちりを怖れて、彼女らに近づく者はいなかった。

雑多な人の溢れる京橋界隈で、稼ぎをしていたのである。

神出鬼没《しんしゆつきぼつ》、どこに現れるかは分からない。けれども必ずといってよいほど、どこかで悶着《もんちやく》を起こしているので、捜せないことはなかった。

もとをただせば、降って湧《わ》いたような災難のために身内を失った不運な娘たちだが、しおらしさなど爪《つめ》の先ほどもない。ふてぶてしく、恐いもの知らずで金のためには平気で嘘をつく。運悪く絡《から》まれると、容赦なく金を絞りとられる。京橋でも、その厄介な存在を知られるようになってきた。

「ああ、あいつらなら……」

振り売りや露店《ろてん》の主人に問いかけると、何人かが見かけていた。その場所を教えてもらった。

京橋もはずれ、三十間堀の東にある松村町の河岸道に、見るからにそれと分かる娘たちが三、四人たむろしていた。南八丁堀に近いあたりで、裏手は大名屋敷である。

京橋としては、人通りの少ないあたりだ。

派手な髪飾りに腕まくり。着物の裾を捲り上げてしゃがんでいる者もいる。白粉《おしろい》に、濃い紅を塗った十一、二の娘が安物の煙管《きせる》で煙草《たばこ》をふかしていた。

通りかかっても、説教をする者などいない。見て見ぬふりをして行き過ぎてゆく。何か言えば、逆に絡まれる。

「何だ、旦那《だんな》たちかい」

近寄って行くと、しゃがんでいた娘が言った。そっけない口ぶりだが、捲り上げていた裾を降ろして立ち上がった。煙草をふかしていた娘は、やめようかどうしようか迷っている。

「お吟はどうした。姿が見えぬようだが」

吉利は、居合わせた中で一番年嵩のお新に訊ねた。

「あそこですよ」

頭をぺこんと下げたお新が顎《あご》をしゃくった先を見ると、樹木の陰にひっそりと出合茶屋の入り口が見えた。

「お吟に、好いた相手でもできたというのか」

「そんなんじゃ、ありませんよ」

吉豊の問いかけに、娘たちは声を上げて笑った。甲高い声が河岸に響いた。

「ちょいとね。いけないことをしようとしている若旦那を、懲《こ》らしめに入ったんですよ」

おまきという娘に、言い寄ってきた金のありそうな男がいた。二度ほど二人だけで会ったが、そのときは手も握らせなかった。けれども三度目の今日は、どうしても抱きたいと言って無理やりこの出合茶屋へ連れ込んでいった。

「おまきが、誘ったのではないのか」

「そんなことは、どっちだっていいんですよ。表通りの両替屋の若旦那が、生娘《きむすめ》をこんなところへ連れこんじゃあいけないよ。まあ、見ていてください。お吟さんが、きっちり話をつけてきますから」

「話が縺《もつ》れたら、どうするのだ」

「あたしらも加わって、騒ぎます。若旦那のお店がどこにあるかも分かっていますから、そこへも行きます。父親はかなりうるさいらしいからさ、きっと面倒なことになるよ。嫌だろうね、そんなことをされたら」

嬉しそうにお新は言った。

周到な用意をした上で、おまきは出合茶屋へ同道したようだ。

お吟らは玄関などは通らず、垣根の横手から中へ入り、庭から部屋へ入り込むことにしたという。部屋にはそれと分かるように、おまきが閉じた障子に柄物の端切《はぎ》れを挟んでおく。手馴《てな》れた様子だ。

そうこうするうちに、茶屋の入り口から人の姿が現れた。四人の娘に囲まれた、二十代半ばの身なりのよい男が、しゅんと項垂《うなだ》れた様子で歩いてくる。のっぺりとした顔の、やや肥えたいかにも苦労知らずといった若者だ。お吟に脅《おど》されて、震え上がったに違いなかった。

四人の中で、一人だけ堅気の町娘といった身なりの者がいた。びらびらのついた簪を挿し愛らしい風情をたたえている。それが、おまきなのだろう。男を誑《たら》し込むために、身なりを作ったのだ。

お吟はお新を見て、してやったりという顔をした。そして吉利と吉豊に向かって、頭を下げた。

「じゃあ、残りのお足を、明日の暮れ六つ（午後六時）までに持って来るんだよ。そうでないと、あんたのおとっつあんのところまで、貰いに行くからね」

凄味を利かせた声で、お吟は若い男に言った。ふて腐れた表情で頷いた男に、「お行き」と続けた。

「ひっ」

洟を啜る音を残して、若旦那は脱兎《だっと》のごとく河岸の道を走り離れていった。

「しけているからさ。あいつ、これだけしか持っていなかった」

お吟は掌《てのひら》を広げて、待っていた仲間たちに見せた。小判が一枚と二朱銀が三枚、それに小銭が交ざっていた。

「あと小判を三枚持ってくるように言ってやった。あいつ帰ったら、きっとおっかさんに泣きつくんだろうね。甘い母親だそうだからね」

聞いていた娘たちは、わっと歓声を上げた。さも愉快だという顔付きである。

奪った金を懐に押し込むと、お吟は初めて吉利に向き直った。

「何か、あたしたちにご用ですかい」

やくざ者や荒んだ浪人者が女とつるんでやる美人局《つつもたせ》を、莫連娘たちだけでしてのけた。だが恥じらいはもちろん、気負いも衒《てら》いもその表情の中には窺えなかった。台所仕事か庭掃除を終えてきた後のような、当たり前の顔をしていた。

「わしらの用事の、手伝いをしてもらいたい。無実の罪で、首を刎ねられるやも知れぬ者がいる。それを救いたいのだ」

「どういうことですか」

お吟が真顔になった。娘たちは、吉利が刑場で首斬り役をしている山田浅右衛門だということを知っている。怖れてはいないが、一目置いていることは確かだった。

「神田お玉が池に、種痘所ができたのを知っているか」

「もちろんさ。そこで命拾いした子が、あたしたちの中にもいる。この子さ」
十二、三歳のおタキという娘を指差した。首筋に天然痘の瘢痕が残っているのが見えた。
「池田という先生に助けてもらったんだよ。でもさ、あの先生は奉行所へ連れて行かれてしまった。今では牢屋敷に入れられているらしい。それでさ、差し入れのツルにするための金を、稼いでいたわけさ」

お吟は、小判を押し込んだ胸のあたりをぽんと叩いた。ツルとは、牢内の罪人に差し入れる金子《きんす》のことである。地獄の沙汰《さた》も金次第というが、牢内でもそれが言えた。金があれば、高額になるが外から物を買い入れることもできるし、牢名主《ろうなぬし》に渡せば待遇も変わってくる。

お吟らは、池田多仲が捕らえられる場に居合わせたという。その詳細を聞いた。

「ならば話が早いぞ」

吉利は、池田多仲が置かれている状態について話をした。もちろん伊東の他の蘭方医やその弟子たちについても、調べたことに触れた。

「だがまだ、手がかりさえ摑めておらん。そこでだ。種痘を受けたことで亡くなったり、重症になったりした者のところへ出入りをした者で、共通する者はいないか。それを探って欲しいのだ」

「そいつが、天然痘の膿をつけて廻ったのではないかというわけだね」

「そうだ。お前たちならば、手間と暇をかけて念入りに聞き込むことができるだろう」

「ぜひやらせておくれよ。池田先生には、おタキが世話になった。いい先生だよ」

お吟がそう言うと、すべての娘たちが何度も頷いた。おタキという娘は目に涙を溜めていた。

「斬首まで、あと十日たらずだということだね。だとしたらぼやぼやしていられないよ」

「そうだね、急がないと」

娘たちは口々に言った。

「だけどさ、死んだり重症になったりした人が、どこの誰なのかはさっぱり分からない。そういうことは、ちゃんと教えてもらわないとね」

お吟の言い分はもっともなことである。

「そうだな。ではこの吉豊をつけよう。力を合わせてやってみてくれ」

吉利が言うと、お吟はちらと吉豊に目をやった。不満な様子はなかった。

吉豊はお吟の眼差しを受け止めると、ゆっくり頷いた。いつもよりも厳しい顔付きになっている。まんざらではない気持ちを、押し隠しているのだと吉利は感じた。

八

吉利が去った後、吉豊は娘ばかり十人ほどの中で、男一人きりになった。男ばかりの中で暮らしてきた身にとっては、きわめて稀《まれ》な体験である。とりあえず何を話したらよいのか、一瞬戸惑《とまど》った。

お吟は吉豊の困惑にはかまわず、聞き込みをするにあたって、まず仲間の者たちで着替えをしたいと言った。

「よかろう。このままでは、いかにも派手すぎるからな」

「分かり切っているよ、そんなこと」
十四、五の娘が、小生意気な口調で言った。
霊岸島の、お吟らが寝起きする裏長屋へ吉豊は同道した。少しでも強い風が吹いたならば、今にも屋根が飛ばされてしまいそうな、薄っぺらい古材木で作った安普請《やすぶしん》の裏長屋である。物干しに、赤い腰巻が干してあった。

娘たちは並びの三軒を借りて、三、四人ずつで暮らしていた。共同で炊事をし、店《たな》賃《ちん》はお吟がまとめて払っているという。

部屋の隅に、綿のはみ出した布団《ふとん》が積み重ねられていた。掃除は行き届いている。箪笥《たんす》などはないが、各戸に鏡台だけはそう古くないものが揃ってあった。白粉箱や刷《は》毛《け》、紅筆といったものが載っている。脇に金盥《かなだらい》や嗽茶碗《うがいぢやわん》も置かれていた。煤《すす》けた壁には、歌舞伎《かぶき》役者や官女が描かれた畳紙《たとうがみ》が貼られていた。ぼろ隠しに、白粉の包みを貼ったものと思われた。

同じ長屋に住んでいるのは、振り売りの夫婦や物貰いの爺さん、願人坊主《がんにんぼうず》といった類の人たちである。

「ちょっと外で、待っていておくれ」

お新に言われて、吉豊は井戸端で待たされた。何やら声高に、娘たちは喋りながら着替えを始めている。井戸端でバシャバシャと水をかけ、化粧を落とす者もいた。

「待たせたね」

出てきた娘たちの姿を見て、吉豊は「ほう」と声を上げた。

着ていた衣服だけでなく、髪型までが変わっていた。化粧もきっちりと落とされて、どこにでもいる堅気の娘の姿になっていた。袂の端が焼け焦げた着物を着ている者もあった。焼け出されたときに着ていたものに違いない。草履も擦《す》り切れかけたものを履いている。

身なりが変わると、目つきや表情までが変わった。いつものふてぶてしさがなくなっている。化粧を落とした顔は、どれもあどけなかった。お吟の顔も清楚に見えて、吉豊は思わず息を呑み込んだ。

濃い化粧をした顔は、お吟の気の強さを引き立ててはいたが、それなりにきりりとした美しさがあると思っていた。けれども何もつけない素顔には、透《す》き通るようなきめ細かさがあり、微かな恥じらいと律儀《りちぎ》さを感じさせた。

「どうだい。これなら、あたしたちをだれも胡散臭《うさんくさ》いとは思わないだろ」

お吟が、自慢げに言った。自分らが嫌われ者だということは、分かっているらしい。吉豊は、内心の動揺を気取られぬように頷いた。もっとお吟の顔を見ていたかったが、無理やり目を背《そむ》けた。

「さあ、出かけるぞ」

十人いた娘を五人ずつ二手に分けた。それぞれの指図をするのは年長のお吟とお新である。どちらもじれった結びを解いて、結綿に変えていた。

お新の方は、重症になった者を当たってみることにした。亡くなった三人は、吉豊も同道してお吟と共に探る。段取りを決めたのはお吟だった。吉豊はその分け方に心浮き立つものを感じて、気持ちを抑えた。

「あんたなんて、別にいなくったっていいんだけどさ。でもまあ、連れて行ってもらったほうが手間がかからないからね」

お吟は偉そうに言った。もちろん、だからといって吉豊を嘗めているわけではない。お吟の物言いには、初めて会ったときから、なぜか不快感を持つことがなかった。

吉豊は歩きながら、お吟に問いかけた。前から気になっていたことである。

「そなたたちは、いつも人目につく着物を身につけ、濃い目の化粧をしている。どのようなわけがあるのか」

問われたお吟は、じろりと見返した。今さら何を訊くのかという顔をしていた。

「あたしたちはね、皆親に死なれたり、捨てられたりした者ばかりなんだよ。泣いたって、腹を減らしてたって、世間はまともに相手にはしてくれなかった。濃い化粧や派手な着物はね、あたしたちがあたしたちだけで暮らしている証なのさ。だから二食や三食抜いたって、金をかけている。どんなに後ろ指さされたって、知ったこっちゃないんだよ」

お吟は話しているうちに、少し気持ちが高ぶったのかもしれない。声の調子が高くなった。

吉豊は、どう返事をしたものやら思案がつかなかった。それでこれから向かう先について、前に訪ねた折の様子を話して聞かせた。

まず初めに行ったのは、五十六歳の隠居甚兵衛を失った、湯島に住まう徒歩組の服部家である。

四人の娘は外に待たせて、吉豊とお吟は服部家の敷居を跨いだ。

「これはこれは」

亡くなった甚兵衛の妻女は、先日訪れたばかりの吉豊を覚えていた。

「天然痘の潜伏期間は、七日から十六日ほどの間だと聞いています。甚兵衛殿が種痘を受けてから発病する数日前の間に訪ねて来た者で、近くに寄って話をしたという者がいたはずですが、覚えてはいないでしょうか。あったら教えていただきたい」

初めて来た者でも馴染みの者でもかまわない。また話をした時間の長い短いも関係ない。思いつく者はすべて挙げて欲しいと伝えた。その中に天然痘患者の膿や痂を、新たに接触させた者がいるかもしれないと吉豊は付け加えたのである。

「なるほど。池田先生でなければ、そういう者がいたことになりますね」

池田がやったとは考えていないが、感染させた者には恨みや怒りがある。老女は、しきりに考え込んだ。半月にも満たない前の日のことだが、思い出すとなると案外難しいことである。

「そうそう、飯田《いいだ》さまというご同輩だった方が、将棋《しょうぎ》を指しにおいでになりました。同じ組屋敷内の隠居同士で、気の合った方です。それから青物の苗《なえ》売りが来ました。本郷竹町《ほんごうたけちょう》にお住まいの太助《たすけ》さんという人です。この方もよくおいでになります。それから……」

金魚の振り売りが来て、夫婦で話をしながら四半刻鉢《はち》を眺めた。しかしその振り売りは初めて見る顔で、名も住まいも分からなかった。その他、親類や隣家の者の名を挙げた。どれも医術に詳しい者はいなかった。天然痘の感染歴がある者もない。

「では、甚兵衛様は、どこかへお出かけになりませんでしたか」

それまで口を閉じていたお吟が言った。丁寧な口ぶりで、いつもとは別人である。

天然痘は家にいてうつされるだけではなく、外出した先でもうつされる可能性があった。

「組屋敷の方々と頼母子講《たのもしこう》の会合に出ました。この会にお出でになる方は、皆様古くからの身元のしっかりした方ばかりです」

話を聞いた限りでは、怪しい人物は金魚売りくらいのものだった。

「どこから来た、どういう振り売りか。近所を廻って、聞けるだけ聞いておいで」

お吟は、連れていた娘の内の二人に命じた。頷いた二人は、すぐに走り去った。

次に向かったのは、浅草上平右衛門町の桶屋である。ここでは十七歳になるトメという娘が亡くなった。父親である桶屋の親方は、種痘をした池田を恨んでいた。

日本橋界隈《かいわい》をへて、神田から蔵前《くらまえ》へ出た。蔵前通りに出ると、角に『鶏卵』という幟《のぼり》を出した甘味屋が目に付いた。お吟がその幟を見詰めている。

「何だ、あれは」

吉豊は問いかけた。甘いものには疎《うと》いので、鶏の卵をなぜ甘味屋が売るのかと不思議に思っただけである。

「『けいらん』という菓子を食べさせるんだよ。噂話で聞いただけどさ、うまいらしいよ」

「食してみたいのか」

「わざわざ食べたかないさ。あそこは味がいいにしても、目が飛び出るほど高いっていうことだからね」

お吟は幟から目をそらした。もうそちらは見ない。

話しているうちに、桶屋についた。

「父親に娘のことを聞いたって、分かりっこないよ。おっかさんに聞いてみなくちゃね」

店先に入ろうとした吉豊に、お吟が言った。言われてみればもっともなので、裏手に回った。そろそろ夕暮れ時になってきている。台所から煮物のにおいが漂ってきていた。

トメの母親は、青白い血色のよくない顔をしていた。亭主よりも、だいぶ老けて見えた。発症した後に瞬く間に娘を亡くした痛手は、この母親にも大きかったようだ。

「池田なんていう蘭方の医者は、早く打ち首になってほしいと思っています」

訪ねて顔を合わせると、すぐにそう言った。トメさんに関わる話を聞きたいと、そう言っただけでである。

「そうですね。本当にやったんなら、悔しいですよね」

お吟は母親の言うことを打ち消さず、その愚痴《ぐち》を聞いてやった。気がつくと、母親の手を握っていた。初めの興奮が、話すことで少しずつ収まってゆく。吉豊はそのやり取りを、やや後ろから見詰めた。

「ところで、種痘を受けてから、トメさんは何日くらいで熱が出始めたんですか」

「それは十日です。間違いありません」

「じゃあ、種痘を受けてから三、四日の間、トメさんはどちらかへ出かけましたか。

また誰かが訪ねて来て近くに寄って話をするなどということが、ありましたか」

気持ちが落ち着いたらしいところで、お吟は本題に入った。

「裁縫の稽古《けいこ》に一度出かけただけです。種痘を受けたすぐ後だったので、あまり外へ出ないようにしていたのです」

裁縫の師匠は、同じ町の顔見知りだという。トメを子どもの頃から可愛がってくれていた。

「訪ねて来たのは、遠縁のお千代《ちよ》さんという老婆。嫁入り話をどう進めるか、打合わせに来てくれたんです」

そこでまた思い出したのか、母親はひとしきり涙を流した。またとないよい話だったと繰り返す。ここでもお吟は、辛抱《しんぼう》強くその涙に付き合った。

「それ以外では、振り売りが二人。一人は金魚売りで、もう一人は沈香《じんこう》売りでしたね。どちらも話が面白い人だったから、四半刻ぐらいは話していましたね」

「ほう。金魚売りですか」

お吟と吉豊は顔を見合わせた。さっそく獲物が引っかかってきたという感触があった。

「金魚売りは、どういう人か分かりますか」

「文吉《ぶんきち》という中年の男です。毎年夏になると、鉢を抱えて売りに来ます。上野《うえの》界隈からやってくると言っていましたね」

金魚は金魚玉という硝子製の球体の入れ物に入れて、軒下に吊るす。また盥や陶器、火鉢などに水を張って育てる。しかし長く育てることは難しく、また値も張るので、庶民には気軽に手を出せる品ではなかった。トメは一番安いワキンを二匹買ったが、種痘騒ぎの間に、どちらも死んでしまった。

沈香売りは、初めて見る顔だったという。三十半ばの歳である。住まいも名も分からなかった。

「湯島の服部家に来た金魚売りと同じ男ならば、面白いことになるね」

桶屋の裏口から路地へでたところで、お吟が言った。文吉という金魚売りについても、聞き込みをするように、残っていた娘たちに命じた。

三軒目は、深川佐賀町の魚油問屋である。次郎太《じろうた》という四歳になる子どもが亡くなっていた。ここへはすでに吉豊だけが来て、事情を聞いていた。通りでは目立つ店構えの大店である。

上平右衛門町から深川までは、猪牙舟《ちょきぶね》を使ってやってきた。しかし佐賀町に降り立ったときには、すでにあたりは暗くなっていた。冷夏だからか、川風がひんやりする。

裏口から、魚油問屋の若女房を呼び出すことができた。若女房もやつれた顔をしていた。六歳になる跡取りの男児がいたが、その子も同時に池田から種痘を受けていた。だが命を失うほどの重症になったのは、次男坊だけだった。

「位牌に、お線香を上げさせてください」

お吟が言った。自分も天然痘で、弟を亡くしたという。弟は五歳で、お吟は七歳だったそうだ。

吉豊は、初めてその話を聞いた。お吟は、吉利にも吉豊にも、自分の身の上話をほとんどしない。何かの折に昔が垣間《かいま》見えたり、話が出たりする。そういうときに初めて、お吟の今とは違う昔の暮らしの姿が窺えた。

こうやって半日共にいても、こちらが話しかけなければ、娘同士では賑やかに話をしても、用事以外はめったに話しかけてこない。もちろん吉豊も、話しかけることはなかった。お吟について知りたいことがいくらでもあるような気がするのだが、言葉になって出たのは、化粧と着物のことだけだった。無駄口は、鶏卵ぐらいのものである。

お吟は位牌を前にして、長い瞑目《めいもく》合掌を行なった。心のうちで、何を仏に語りかけたのか。それは推察のしようもなかった。焼香《しょうこう》を済ませてから、仏間で話を聞いた。

「種痘を受けてから数日の間に、あの子が関わった人ということですね」

「そうです」

「なにせここは商家ですし、奉公人も多数います。一人一人を挙げたならば切りがありません」

「でも特に、子どもに関わった相手です」

若女房は、子守の小女《こおんな》を呼んだ。十三、四の頬の赤い娘がやって来た。

「ええと」

やはり思い出すのに手間がかかった。

「振り売りが来て、遊んでもらいました。竹とんぼを飛ばすのが、上手な人でした」

「何を商う振り売りですか」

「沈香です」

「金魚ではないのですか」

「はい。よいにおいのする香を、売りに来たんです」

ふうと、お吟はため息を吐いた。

訪ねた三軒のうち、それぞれ二軒ずつに金魚売りと沈香売りが現れていた。三軒共に、顔を見せた者はいなかったのである。

「沈香売りの、名や住まいは分かりますか」

「分かりません。はじめて見た顔でした。それきり、来てもいません」

若女房と小女に礼を言うと、吉豊とお吟は魚油問屋を出た。

「このままじゃ、何にも手がかりが掴めなかったことになっちまうね」

珍しく、沈んだ声になってお吟はぼやいた。

「お新らは、どうなっているかだな」

「そうだね」

吉豊が言うと、お吟は少し気を持ち直して応えた。それぞれすべての調べが済んだならば、霊岸島の長屋へ戻ることになっていた。

二人は足を永代橋《えいたいばし》に向けた。

お新らはすでに長屋へ戻っていた。神田近辺の家四軒を廻ったのである。

「四軒の家を、ぜんぶ廻っていた野郎が、一人だけいたよ」

興奮を隠さず、お新はお吟の顔を見るとすぐに言った。長屋の井戸端で、今か今かと帰りを待っていた様子だ。

「金魚売りかい。それとも沈香売りかい」

瞬時も待ちきれない。そういう様子の声だ。

「沈香売りだよ。その沈香売りは、腕と首筋に天然痘の瘢痕が残っていたそうだよ」

年の頃は三十代半ば。痩身の男だったという。

「そうかい」

お吟が、浮かぬ顔になった。状況からいえば、天然痘の膿や痂を撒《ま》いて廻ったのは、沈香売りということになる。だが湯島の服部家では、その話は出なかった。

「甚兵衛殿のご妻女が、見逃しただけではないのか」

思いついた吉豊が口に出した。

「そうだね。留守にしている間に、やって来たのかもしれない」

「確かめてみる必要があるな」

「なら、これからひとっ走り行ってこよう」

居合わせた者全員で、湯島へ急いだ。途中、下平右衛門町で分かれた娘二人と出会った。金魚売りは、孫七《まごしち》という初老の男だと分かった。二軒の家に行った金魚売りは、それぞれ違う人物だったということがそれで確認できた。

「おやおや、どうなさいましたか」

息せき切って現れたお吟を見て、服部家の老女は驚いた顔をした。側に、幼い孫娘もついてきている。

「沈香売りが現れませんでしたか。甚兵衛様を訪ねて来たはずなのですが」

お吟は、家中の人たちに聞いて欲しいと頼んだ。

「じんこううりって、なあに」

孫娘が、不思議そうな顔をして言った。聞きなれない言葉に、関心を持ったらしかった。

「よいにおいをさせる粉を、売りに来る人だよ。そういう人が、おじいさんを訪ねて来なかったかな」

孫娘は僅かにきょとんとした顔になったが、すぐに大きな声を出した。

「来たよ。おじいさまとお留守番をしていたときに来た。お線香のような、においをさせる男の人が」

「ああ、やっぱりそうだったんだね」

ほっとした声を、お吟は上げた。ようやく、手がかりらしいものが摑めたのである。

「その沈香売りの名や、住んでいるところが分かりますか」

幼子に、お吟はことさら丁寧にゆっくりと言って尋ねた。

「分からない」

あっさりと言われてしまった。

病原菌を撒いた人物が存在したことは、ほぼ断定していいことだと思われた。けれどもその名も住まいも分からない。どこの家にも、初めて廻って来ていた。意図を持って訪ねたわけだが、これでは確かめようもなかった。

「三十半ばの、首と腕に天然痘の瘢痕のある沈香売り。明日になったら、捜してみるよ、あたしたちで。江戸中走り回ってさ」

お吟が勝気な目を輝かせて、吉豊に言った。

九

翌日は朝から雨が降っていた。ぞくりとするほど寒かった。秋も半ばを過ぎてしまった感じだ。夕刻近くになって、ようやくやんで薄日が差した。すると見計らってでもいたかのように、麹町平川町の山田屋敷へお吟とお新がやってきた。

吉利は、在吉を伴って刀剣の鑑定に出かけている。吉豊が屋敷に残っていた。

「そろそろ現れるのではないかと、待っていた」

二人とも傘を差してはいたが、着物は濡れていた。地味な身なりのままである。熱い茶と菓子を出してやった。

「沈香売りが分かったのだな」

「そうだよ。だから知らせに来たんだ」

熱い茶を、二人は旨《うま》そうに啜った。庭で小鳥が鳴いている。

「南八丁堀の太郎兵衛店《たろべえだな》という裏長屋に住まう与五郎《よごろう》という男だよ」

「間違いないのか」

「うん。顔付きや物言い、体にあった瘢痕の位置、覚えていた人たちの話とぴったり合ったよ。歳は三十四歳、三年前まで薬種屋の手代《てだい》をしていたんだそうだけど、博奕《ばくち》でしくじって店をやめさせられたんだってさ」

霊岸島や京橋から程近い場所に住んでいたことになる。京橋から芝のあたりで、薬種や沈香の振り売りをしていた。二年前に天然痘を患い、命を失う瀬戸際《せとぎわ》まで行ったことがあるという。

「どうやって捜し出したんだ」

広い江戸中から、たった一日で捜し出してきた。

「皆で、手分けをしたんだよ。神田や、日本橋、芝や京橋、本所や深川と区切ってそれぞれで廻った。三十半ばの、天然痘の瘢痕がある沈香売り。そしたらさ、芝口橋の周辺から増上寺《ぞうじょうじ》のあたりにかけて、覚えがある人が出てきた。そうなりゃあ、こっちのもんだよ」

お吟は得意げに言った。

「南八丁堀の長屋へ、行ってみたのだな」

「そりゃあそうさ、でも会えなかった。もう九日くらい家に帰っていないということだったね」

得意げな様子はすぐに消えて、屈託のある顔つきになった。

お吟らはここでも手分けして、与五郎の行きつけの飲み屋や、振り売りの品を仕入れる薬種屋へも行ってみた。だがここにも姿を現してはいなかった。

「九日前というと、大雨が降って、いくつもの雷が落ちた日のあたりだな」

「そういうことになるね。あの日は、長屋がすっ飛ばされるんじゃないかと考えたくらい怖かった」

　お新が漏らした。

「女房や子供はいないのか」

「独り者だよ。ただ六十半ばのじいさんと、兄さんの女房。義理の姉さんだね、その子どもで姪《めい》に当たる七歳の娘が一緒に住んでいた」

　じいさんと義理の姉は刺繍《ししゅう》職の下請けをして、かつがつ食っているということである。与五郎の兄は、四年前に亡くなっていた。

「行方《ゆくえ》が分からなくなるにあたって、家の者には何か思い当たることはなかったのかな」

「あの嵐の日に、堀や海に落ちたら、助からないだろうね。だから近所の人たちにも手伝ってもらって、八丁堀や鉄砲洲の海ぎわを捜したらしい。でも遺体は出なかった。ただいなくなる二、三日前に、少しばかり金が入るという話を、義理の姉さんに話したってことでね……」

　お吟は鋭い目をした。

「殺されたのではないかと、言いたいのだな」

「たぶんね。与五郎は何者かに頼まれて、天然痘の膿や痂を、昨日廻った人たちに付けて歩いた。あの男はすでに一度罹っているから、もう罹ることはないだろ。でもやらせたやつにしてみれば、用済みになった与五郎なんて、生かしておいては厄介なだけだからね。金を強請られるのは、目に見えているんだからさ」

「それで嵐の夜に、やったのではないかというわけか」

お吟もお新も頷いた。

与五郎の父親は元々刺繍職人だったが、近頃は指先が震えるようになって、仕事ができなくなってきた。心の臓も弱っているらしく、医者代も溜まっていた。義姉はなくなった亭主の父親を大事にしてくれていて、与五郎はこれを感謝していた気配があった。

「義理の姉さんに、まとまった金をやりたかったんだろうね。殺されちまっては、身も蓋《ふた》もないけどさ」

「博奕の金も、欲しかったのかもしれないよ。性根は遊び人だったらしいからね」

お新が言うと、「それもあるかもしれないね」と、お吟は受け入れた。

「与五郎は二年前に天然痘を患ったというが、そのときは誰に診てもらったのか。それが分かれば、悪事を命じた者が分かるのではないか」

「あたしも、そう考えたんだけどさ。分からない」

「なぜだ」

「だってさ、与五郎が南八丁堀に戻ってきたのは一年くらい前のことで、それまでは芝の増上寺門前町の裏長屋にいた。火事で焼け出されたんだよ。それで父親のいる長屋へ戻った。だから兄嫁も父親も、天然痘に罹った顛末《てんまつ》は知らないのさ」

お吟なりに、きっちり調べてきたと吉豊は感じた。莫連娘を率いるあばずれということになっているが、賢さや機敏さを内に秘めている。

「なんだよ。あたしの顔をじっと見て」

吉豊にじっと見つめられ、戸惑ったのかもしれない。怪訝な顔をした。

「い、いや。何でもない」

吉豊はそんなお吟の顔が可愛《かわい》く思えて、少し慌てた。心の臓が僅かにどきどきしていた。恥ずかしさと息苦しさがあって、話題をもとに戻した。

「死骸がどこかにあがらなければ、生死の程も確かめられないわけだな」

「そうだね。深川の岡場所から、こっそりと戻っているかもしれないよ」

これはお新。

「嵐のあった夜以降、身元不明の死骸が上がったかどうかは、町奉行所へ行ってみれば記録があるはずだ。早速、行ってみようではないか」

「そうだね。それがいいかもしれない。でもさ、あたしたちは行かないよ」

「なぜだ」

おかしなことを言うと、吉豊は今度はまともにお吟の顔を見た。

「あたしたちは京橋や霊岸島じゃあ、札付きの悪《わる》だよ。定町廻りの同心や岡っ引きは、会ったら面倒だよ。だからさ」

「なるほど。では私一人で参ろう。いろいろ役に立ってもらえた。父上も喜ぶだろう」

「そうかい。浅右衛門さんが喜んでくれれば、あたしたちも嬉しいよ。池田先生の無実が晴れるといいね。一日一日と日が過ぎてゆくからね。お夕キも居てもたってもいられない様子でさ」

お吟はしんみりと言った。川路から話を聞いて、すでに四日がたっていた。残された日が、徐々に減ってゆく。

吉豊は二人が去った後、月番の数寄屋橋御門《すきやばしごもん》前にある南町奉行所へ向かった。奉行所には、吟味方の与力に吉利と親しく交流している井熊《いくま》という者がいた。父親との関わりで、吉豊も顔見知りである。

奉行所についたのは、そろそろ日暮れになりそうな刻限だったが、井熊はまだ残っていた。

「ようこそ、おいでなされた」

五十半ばの井熊は、奉行所内では顔が利くらしい。奥の静かな部屋へ通された。そこで吉豊は、嵐があった六月六日以降で、身元不明の死骸がどこかに現れていないか調べて欲しいと頼んだのである。

「何のそれしき、容易いご用でござるよ」

井熊は座を立つと、待つほどもなく薄い綴りを持ってきた。理由も尋ねなかった。この程度のことならば、どれほどのこともないらしい。

「三名いますな。男が二人と女がひとり」

吉豊は綴りを見せてもらった。発見された場所と見たところの顔や体の特徴、着ていた衣服や髪形、持ち物、推定される死因や年齢が記されている。

二人の男は、どちらも年齢は三十代から四十代にかけて。身につけていた衣服から、武家ではないと判断された。一人は大量に水を飲んでの水死で、大川の河口近く、永代橋東詰めから南に一丁ほどのところにある杭《くい》に引っかかっていた。もう一人は肩の骨が砕《くだ》かれ、胸に刺し傷があった。死因はこれで、殺された後、水に落とされたものである。佃島の南沖で、水に浮いているのを漁師が発見した。

どちらも六月七日の早朝である。

「おおっ」

読んでいるうちに、吉豊は声を上げた。佃島南沖で発見された男の体には、天然痘の瘢痕が首と腕にあるという記載を認めたからである。大川の河口で発見された男の体には、瘢痕に関する記載はなかった。

佃島沖の遺体が、与五郎のものだと思われた。

身元を知らせるようなものは、何も身につけていなかった。また持っていたとしても、荒海に投げ捨てられては、体から離れてしまったはずである。けれどもこの男は、握り締めた右の掌にとぐろを巻いた蛇の根付を持っていた。

体が硬直していたらしく、引き上げられるまで掌の中に残っていたのだ。

「この根付を、拝見することはできませんか」

吉豊が頼むと、井熊はそれを持ってきてくれた。

「これだな」

親指の先ほどの大きさである。黄楊《つげ》を削ってできたもので、細密な意匠となっている。ただ惜しいことに、尻尾《しっぽ》の先が欠けていた。

「これは、亡くなった本人のものでしょうか」

つい井熊に問いかけてしまった。

「そうとも限らないだろう。刺される寸前に、相手の腰から抜き取ったのかもしれぬな」

「なるほど。その可能性もありますね」

だとすれば、この根付は与五郎を殺した者の持ち物だということになる。

「この根付を、一、二日拝借できないでしょうか」

吉豊は深々と頭を下げた。この度の事件を解決するためには、どうしても必要なそして唯一の物証だと考えたからである。

「ほかならぬ、山田家のご嫡子の懇望《こんもう》だ。無下《むげ》に断ることもできまい。くれぐれも後に面倒なことにならぬようにしていただきたい」

念を押された。助力はしてくれても、井熊なりに与力としての立場がある。

「もちろんです」

とぐろを巻いた蛇の根付を、吉豊はともあれ預かることができた。

南町奉行所を出た後、南八丁堀へ出かけた。太郎兵衛店を訪ねたのである。与五郎の父親と兄嫁が住んでいる裏長屋である。

「この根付は、亡くなった与五郎殿のものですか」

単刀直入に訊ねた。父親と兄嫁は手にとってしげしげと見詰めたが、どちらも首を横に振った。与五郎を殺した者の持ち物だと、それで判断した。

平川町の山田屋敷に戻った吉豊は、すでに帰宅していた吉利に、一日の出来事のすべてを伝えた。

十

その日は終日来客もなく、訪ねなくてはならない相手もなかった。道場で早朝の稽古を済ませると、吉利は吉豊を伴って神田お玉が池の種痘所へ向かった。

懐には、奉行所から預かってきた蛇の根付が収められている。

霊岸島の莫連娘お吟らの助力を得て、吉豊が与五郎まで辿《たど》り着いたことは上出来だった。どのような展開になるか分からないが、できることは急いでやらなくてはならなかった。

種痘所では、下働きの老人に混じって若い医師が木戸口の掃除をしていた。ひげ面の田所仁峰といかにも堅物な風貌の大前了庵である。犯行の動機は浮かばないが、根付の持ち主である可能性は皆無ではなかった。

伊東玄朴殿に会いたいと言うと、先日案内をされた医師の控え室に通された。まだ所内には人が少なくて閑散としている。

部屋には伊東の他に、戸塚静海とその弟子の内藤松次郎がいた。

伊東と戸塚は、今朝はいないが長谷川亮鐸と共に幕府の奥医師に推挙されている。大槻俊斎らと共に江戸蘭方医の重鎮である。長谷川には甥の杉浦勘助が、大槻には弟子の内山慎之丞が常に従っていた。

この種痘所に関わりのある蘭方医の誰かが、与五郎を使ったと考えられた。

与五郎が天然痘に罹った折、どこの医者から治療を受けたか分かれば、それも糸口になるはずだったが、長屋は火事になり焼け出されている。その折の状況を知る者は離散していた。

「この品に、見覚えはござらぬか」

吉利は懐から取り出した根付を、伊東に見せた。

「ほう」

伊東は手に取って、いろいろな角度から見詰めた。この根付の因縁《いんねん》を、吉利は手短に話して聞かせた。愛弟子の池田多仲を牢屋敷へ陥れた一味の誰かが、所持していたと推定される品である。

「なるほど」

何度も見直した。池田を救えるかもしれない、唯一の品である。だが……。しばらく眺めた後、悔しそうに首を横に振った。

話を聞いていた戸塚と内藤も側へ寄ってきた。ただ事ではないという顔をしている。

「私どもにも、見せていただこう」

戸塚はそう言って、伊東から根付を受け取った。

「尻尾が欠けているのは、何か因縁があるのでしょうかな」

掌に載せて、戸塚は凝視している。内藤も顔を近づけていた。見覚えのあるものを見るという様子ではなかった。

欠けた跡については、吉利も何度も注目して見た。刃物で切り取った跡ではなかった。落としたか何かにぶつけたかして、欠けたものと推察できた。

「初めて目にしたものですな」

戸塚は言い、内藤も頷いた。勢い込んでいただけに、二人の顔には落胆《らくたん》があった。

「では、この種痘所に詰めている、すべての方々に見ていただきましょう。呼んでいただけますか」

「もちろんです」

吉利の申し出を受けて、伊東は田所や大前、下働きの老人、四名の若手看護見習いと三名の女中を集めた。事情を説明していないので、誰もが不審な顔付きをしていた。

「ともあれ、この根付に見覚えがないか。じっくり見ていただこう」

吉豊が、声をかけた。

まず初めに手に取ったのは、大前だった。慎重な眼差しで見詰めている。他の者たちは、その姿を固唾《かたず》を呑んで窺った。伊東や戸塚の、いつもとは違う雰囲気を感じ取った模様である。

しかし大前は、反応を示さなかった。緊張した顔を崩さず、「見たことはない」と答えた。面目ないという顔をしている。

次は田所である。大きな目を、さらに大きくして見詰めた。しかしすぐに、ふうと大きなため息を吐いた。そして横にいた下働きの老人に根付を手渡した。

老人も根付を見て、表情に変化を見せなかった。四人の看護見習いも、三人の女中も同様だった。

「誰も、見覚えがないということですね」

吉豊が、失望を押し隠しながら一同の顔を見回した。どの顔も、隠し事をしているようには感じられなかった。

こうなっては、ここにいない長谷川や大槻らのもとへ行って見てもらうしか手立てはなかった。もし誰の記憶にもなかったならば、探索は振り出しに戻ることになる。江戸中にある根付を扱う店を、一軒一軒当たらなくてはならない。

それには莫大な手間と時間がかかる。残りの六日で、それがはたしてできるかどうか。もし分かったとしても、池田の斬首が執行された後では意味がなかった。

「ま、待ってください」

根付を仕舞おうとしたとき、大前が慌てた声を出した。

「も、もう一度、見せてください。思い返してみると、どこかで見たような気がするのです」

相変わらず慎重な物言いだが、どこかに覚悟のようなものを感じた。

「うむ。何度でも見直してもらおう」

その場にいた者は、用が済んでも誰も去らない。大前を見詰めている。

「尻尾が欠けていたかどうかは、定かではありませんが、私はやっぱり見たことがあります。長谷川先生のところの、杉浦さんが腰につけていたような気がします」

「それは確かですか」

吉豊が念を押した。身の内の高ぶりを、抑えかねた顔付きをしている。

「確かではありません。ちゃんと見せられたわけではありませんから。ただ、そんな気がするだけです」

それでも、不満ではなかった。吉利は初めて種痘所へ来たときに、控え室へ案内した若い侍の顔を思い出した。あの若者が杉浦勘助だったと記憶している。悪事を働く者には見えなかったが、人は外見だけでははかれない。長谷川亮鐸は、芝浜松町《はままつちょう》で開業をしていた。名医として知られた人物だ。

一同を去らせてから、吉利は伊東に、浜松町へ行ってみる旨を伝えた。

「まさか、あの者が……」

伊東は絶句して、次の言葉が出てこなかった。

「まだ決まったわけではござらぬがな。確かめぬわけには、いきますまいよ」

吉利は告げた。

十一

神田お玉が池から日本橋を経て、芝へ向かう。広い一本道で、東海道《とうかいどう》の始まりの道でもあった。相変わらずの曇天だが、一日の商いが始まっている。人通りも多くて、町には活気があった。

安政五年は冷夏で、農作物のできは不作が予想される。米の値上がりは必定《ひつじょう》で、すでに買占めを行なっている者がいるという噂も聞くが、まだ町には勢いがあった。

「おや、山田の旦那じゃないか」

京橋の道筋を歩いているところで、声をかけられた。若い女の声である。お吟とその後ろに二人の娘がいた。一人はお夕キである。今日は、昨日とは打って変わったいつもの派手な身なりになっている。これから稼業に精を出そうというところなのかもしれなかった。

「あれから新しいことが、分かりましたかい」

真っ先に問いかけてきた。吉豊は昨日別れた後南町奉行所へ出向いたこと、そして蛇の根付を手に入れてからの顛末を話した。聞き終えると、お吟らの目の輝きが強くなった。

吉利は懐に入れていた根付を取り出して、見せてやった。娘たちは興味深そうに覗き込んだ。

「こうなったらば、あたしたちも行くよ。杉浦ってえ男の、化けの皮を剝《は》がしてやろうじゃないか」

お吟らの気持ちはよく分かった。特におタキは、必死の眼差しでこちらを見ていた。吉利は連れて行くことにした。ここまで来ることができたのも、この莫連娘たちのお陰であった。

右手に、増上寺の伽藍《がらん》と森が見え始め、近づくにつれて聳《そび》えるように大きくなった。蟬がどこかで鳴いている。

長谷川の屋敷は表通りに面した三百坪ほどの敷地で、黒板塀に囲まれていた。重厚な建物である。冠木門《かぶきもん》は大きく開かれて、患者らしい人の姿が何人か見受けられた。武家も町人もいる。

貧しげな者は一人もいなかった。皆きちんとした身なりで、大身旗本が使用する四人舁《か》きの駕籠《かご》も門扉《もんぴ》の内側に置かれてあった。

「こんな医者にかかったら、いくら治療代をふんだくられるか分からないね」

娘の一人が言った。

「でもさ、たっぷり金があったら、いまさら池田先生を陥れなくたっていいんじゃないかねえ」

お吟の言葉は、吉利にも納得がいった。杉浦が与五郎を唆《そそのか》したのならば、それなりの訳が背後にあることになる。

「ここでも、種痘はやるのかね」

お夕キがお吟に問いかけた。

「そりゃあやるでしょ。蘭方のお医者なんだから」

吉利は玄関式台で、通りかかったここの奉公人とおぼしい者に案内を求めた。まず長谷川に会うつもりだった。しかし長谷川には患者があって治療中だということである。仕方がなく杉浦に会いたいと告げたが、これは不在だった。

あと半刻ほどで来るだろうと伝えられた。吉利たちは仕方がないので待つことにした。室内でと誘われたが、玄関前の庭先で待つことにした。枝振りのいい黒松が植えられている。それに門を潜って入ってくる杉浦の様子を見ておきたいという気持ちもあった。

「あたしらはさ、ここの医者の様子を探ってみるよ」

お吟はおタキらを連れて、玄関先から建物の裏手に廻った。患者や来客が行かない、下働きの奉公人たちのいそうな場所である。臆《おく》することなく、何事もない顔付きで入って行く。堂々とさえしていた。

吉利と吉豊は、玄関脇にある縁台に腰を下ろした。風で、黒松の枝が揺れている。町医者であっても、裏店住まいの者はやってこないので、ひっそりとしている。隅々まで、掃除が行き届いていた。

半刻にはまだならないとおぼしい頃に、冠木門を潜って入ってくる足音が聞こえた。二刀を腰にした若い侍である。見覚えのある顔で、杉浦勘助だった。

「これはこれは、山田様」

吉利を見て一瞬驚きの顔をしたが、すぐに走り寄って来た。こちらの顔を忘れてはいなかった。

「長谷川にご用でございますか」

「もちろん長谷川殿にもお目にかかるつもりだが、ここへ来た要件は貴公から話を聞くためだ」

「はて。どのようなことで、ございましょうか」

微かに杉浦の体が強張《こわば》った。だが不審を抱くというほどのものではなかった。

「貴公は佐賀藩士だということだが、いつから江戸にいるのか」

江戸に住まう武士は直参だけではない。すべての藩が江戸屋敷を抱え、藩士を住まわせている。江戸生まれで江戸育ちという藩士も珍しくはなかった。

「父の代からの江戸詰めです。叔父の長谷川の方が、後から江戸へ来ました」

「すると、長谷川殿が蘭方医としてここに住まうようになってから、ずっと出入りをしているわけだな」

「そうです。二年前に、叔父はここの屋敷を買い取りました。その前は神田におりました」

「すると、こちらに移った当初からここで種痘を行なっていたわけだな」

「はい、叔父は蘭方医ですから。天然痘に罹って運び込まれる患者も少なくありませんでした。初めの頃は、近くの町の人も患者としてやって来ました」

当初は、金持ちばかりを相手にする医者ではなかった様子である。

「すると、増上寺門前町の裏店に住まっていた与五郎という者を存じておろうな」

吉利は、杉浦の僅かな変化も見逃さぬように見詰めながら言った。与五郎が天然痘に罹ったおり、ここの門を叩いたかどうかは分からない。しかし住んでいた裏長屋とここは、目と鼻の先といえた。来た可能性があるとふんで、試しに言ってみたのである。

与五郎という名を告げたとき、杉浦はごく微かな身じろぎをした。しかし首は横に振った。

「存じませんね。その人は叔父の治療を受けたのかもしれませんが、二、三度顔を見たくらいでは、顔も名も覚えてはいません。それ以後、長くこちらへ通ってきた患者ならば別ですが」

杉浦はまるで台本を読むように、すらすらと言った。与五郎は、今のような金持ち相手の医者になった長谷川のもとへ、通ってくるとは思われなかった。しかし……。

吉利はふと思った。

何か弱みを握り、強請るためならば顔を出したのかもしれないと。ただ、強請るためにに顔を出した者が、池田の種痘をした人物に危害を加えるまねをどうしてしたのか。そこは整理がつかなかった。

「いつどのような患者が現れ、どのような症状でどういう治療をしたか。そういうことを記した帳面はないのか」

「あります。二年前の最初の患者のものから残してあります」

「では、それを見せてもらおう」

吉利と吉豊は、杉浦に連れられて建物の中に入った。治療室の隣に六畳ほどの小部屋があった。中に入ると棚が並んであり、外国の書物や見たこともない器具のある中に、帳面が重ねられた一角があった。

治療室からは、長谷川が患者と話をしている声が聞こえた。

「これです」

杉浦は隣室への遠慮からか、小声になって言った。ただ帳面を差し出すのに躊躇《ためら》いは見せなかった。

受け取った吉利は、最初の一枚をめくった。安政三年三月から記載が始まっている。一枚一枚丁寧に、半年分をめくってみた。けれども与五郎という名は見つけられなかった。

「いかがですか」

どこかに、ほっとした響きがあった。

「種痘を行なった者の名を記したものも、あるのではないか。あるならば、それも見せていただこう」

「はい」

今度は、前のよりも薄い帳面を杉浦は取り出した。差し出すとき、帳面の先が微かに揺れた。

吉利は今度も、綴《と》じられた紙を丁寧にめくった。そして四月四日のところに与五郎の名を発見した。

「受けているではないか」

「そうですね。ですが与五郎なる者がやって来たのは、その日だけではありませぬか」

治療の記録がない以上、杉浦の言っていることは間違いとは断言できなかった。だが、与五郎が長谷川や杉浦とまったく繋がりがなかったわけではないことは、これで確かめられた。

「次に、貴公にはこれを見てもらおう」

吉利は懐から、蛇の根付を取り出した。手のひらに載せて、杉浦の目の前に差し出した。

「これは」

根付を手に取ると、少しの間杉浦は見詰めた。そして腹を決めたように言った。

「どこにでもあるような代物《しろもの》ですが、私のです。尻尾が欠けているのが、何よりの証です」

「どこにあったか、分かるかね」

「存じませんね。私はこれを、どこかで落としました。六月の初めです。そうそう、雷と嵐のあった日の、二日前のことです」

覚悟を決めた顔で言っていた。

「ほう」

白々しい嘘を言うと思ったが、吉利は口には出さなかった。

この男は、与五郎を襲った際に、根付を毟《むし》り取られたことに気付いた。気付いたが、海に落とした後か、何らかの事情があって奪い返すことができなかった。いつか誰かが、この根付を持って現れてくることがある。そのときには、こう答えようと決めていたのではないかと推量した。

「では、落としたと気付いたときに、すぐに誰かに話したのだな。嵐の起きる前に」

「いえ。話しませんでした。私の不調法で落としたのですから」

「捜したのか」

「もちろんです。落としたと気付いたときに、その日歩いた芝と京橋の道筋を戻りました。でも見つけられませんでした。どなたかが、拾ってくださったのですね」

「拾ったのではない。殺された与五郎が握り締めていたのだ。襲った者の腰から、毟り取ったのであろう」

「なるほど。ですが、私には与《あずか》り知らぬことです」

杉浦は頑なな物言いになった。と、そのとき、治療室との隔たりになっていた襖が、向こうから開かれた。開いたのは、長谷川亮鐸だった。

杉浦の話し声が、少しずつ大きくなっていた。やり取りを聞いていた気配である。患者の姿は見えなくなっていた。

「この者が、腰の根付を落としたのは、事実でござるよ、山田殿」

長谷川は笑顔で言った。磊落さを装っている。

「嵐のあった、前夜のことだ。わしが気付いて、いかがしたのかと、おぬしに尋ねたではないか」

続けて、杉浦に言った。

「そうでした、そうでした。大事なものを落とすなど粗忽《そこつ》者だと、叱られました」

「………」

そうか、与五郎を殺せと指図したのは長谷川だったのか、と吉利は胸中で呟いた。杉浦を守ることは、己自身を守ることになるからである。

「それにしても、与五郎殿とやらは、なぜ殺されたのでありましょうや。不憫《ふびん》なことでございますな」

長谷川は、哀れだという表情を浮かべて言った。杉浦がしきりに頷いている。

「池田殿が種痘した者の間を廻って、新たに天然痘患者の膿や痂をつけて廻ったのだ。池田殿や伊東殿を陥れるためにな」

「な、何と怖ろしいことを」

杉浦が嘆息した。吉豊が苦々しい顔付きで、これを見ていた。長谷川も杉浦も、それに気付かぬ振りをしている。

「二人とも、いつまでも臭い芝居をしているんじゃないよ」

あたりを劈《つんざ》くような、女の啖呵が聞こえた。お吟の声である。いつの間にか、廊下に立っていた。十六、七の筒袖《つつそで》を着た体のがっしりした小僧を連れている。

小僧は米屋の前掛けをしめていた。

その小僧の顔を見て、杉浦が呻き声を上げた。

「あんた、負い目があるんだね。この小僧さんに」

お吟は、杉浦を睨みつけた。整った面貌が、鬼のように見えた。

「蛇の根付の尻尾を壊したのは、この小僧さんだよ。米を運び込んできて、あんたにぶつかった。たまたま根付を手にしていたあんたは、敷石に落としたんだ。あんた、ねちねち小言を言ったようだね。そのことは、この屋敷にいる者ならば、知らない者はいないよ。そうだろ」

お吟は奉公人たちから、すでに話を聞いているはずであった。杉浦はしぶしぶ小さく頷いた。

「この小僧さんはね、だからこの屋敷に来るたびに、あんたの根付のことが気になってならなかった。来るたんびに、あんたを見かければ腰の根付に目をやっていた」

「だから、どうだというのだ」

杉浦はかすれた声で問い返してきた。

「見たんだよ、この小僧さんはさ。あんたの腰に、蛇の根付が付いているのを。あの嵐のあった日の昼間、一俵の米俵を届けに来たのだからね」

「くそっ」

杉浦は、その小僧に躍《おど》りかかろうとした。だがそのとき、吉利の刀が一瞬閃《ひらめ》いた。切っ先が、杉浦の喉首に当たっていた。僅かでも動けば、切っ先はそのまま喉首に突き刺さる。

「正直に言え。すべてを話して、償いをするのだ」

吉利が言うと、杉浦はわなわなと体を震わせた。

「池田を罪人にすれば、伊東先生にも累が及ぶ。そうなれば伊東先生は、もう幕府奥医師にはなれない。うちの先生が、蘭方医で初の奥医師になれたはずなんだ。身内で、これ以上の栄達はあり得ないから、私は与五郎を利用することにしたんだ」

杉浦は顔を引き攣《つ》らせながら言った。絶叫のような話しぶりである。長谷川は驚きの顔で、杉浦を見詰めていた。その顔から、長谷川は杉浦がしたことを知らなかったのだと吉利は考え直した。

「なぜ、与五郎を使うことにしたのだ」

「あいつは、金を欲しがっていた。二年前に種痘をしたとき、植えつける牛痘痂の量を、今後の糧《かて》にするために先生は増やしたんだ。ところがそれで、あいつは本当に発病してしまった。種痘をしても、病に罹る者は皆無ではなかった。量をぎりぎりまで増やせば、二度と罹患しない体になるだろうと考えて試したんだ」

「与五郎は、治ったわけだな」

「そうだ。こちらも必死で治療をした。だが不始末で起こった病であったわけだから、帳面には記載しなかった。先生と私の胸にだけ留め置いたんだ。ところがだ。与五郎はそのことに気付いて、こちらを強請ってきた」

杉浦は涙目を何度も瞬いた。吉利の問いに応えている形だが、ちらちらと長谷川を見た。まるで長谷川に言い訳をしているようだった。

「少しずつ金をやったが、きりがない。そこで池田を陥れるのに利用しようと考えた。あいつならば、天然痘の膿や痂でも、多少のことではうつらない。二十両やると唆したら、話に乗ってきた。仕事を済ませた後は、命を奪うつもりだった」

十二

「焼き幅の広い直刃《すぐは》だな。匂口《においくち》が締まりすぎるほどに締まって、その筋が帯のようになってゆったりと光って見える。おおらかな、大河のような流れだ」

川路聖謨は刀身をかざして見詰めながら、感歎の声を漏らした。

刀身が焼き入れによって鋼化されるときに、焼き刃の中から刃縁にかけて、ごく細かく一帯に白く霞《かす》んだように見える無数の粒《つぶ》ができる。これを匂《におい》といった。地鉄と焼き刃の境をなすもので、その線状が明るく冴えすぎるのは、ときによって嫌味になることもある。だが流れるような輝きは、刀身に気品を与えていた。

地鉄は柾目肌。互の目《ぐ》の刃紋は少なくしっとりとした仕上がりになっている。

「天文《てんぶん》期の名工、金房正真の作です。山田家の家宝のひとつですな」

吉利は言った。芥子粒《けし》ほどの瑕瑾《かきん》もない。この室町期の名刀は、三代吉継《よしつぐ》がさる大名家の当主から貰い受けた。価値の分かる者が持つべきだというのが、貰い受けた理由だった。

「爾来《じらい》、これを所有するに恥じぬ目を持ち続けるために、精進をしております」

「なるほど。山田殿らしい、お言葉ですな」

川路は刀剣を鞘に戻した。そして満足げな眼差しで、吉利を見た。

前々から吉利は、金房の名刀を見せるという約束をしていた。今日はその約束を果たすために、川路屋敷を訪れたのであった。

「先日は、たいそうお世話になった。お陰で池田は放免の身となった。伊東に累が及ぶこともなかった」

杉浦勘助を奉行所へ突き出したのは、四日前のことである。

「祝着《しゆうちやく》でございましたな」

「そなたのお陰じゃ。礼を申しますぞ。杉浦は与五郎を殺しただけでなく、故意に天然痘による死亡者や重症者を出した。冷酷無惨な行ないということで、獄門は避けることができないところだろう。おろかなことだ。師の長谷川亮鐸も、杉浦に教唆《きようさ》をしたわけではないが、罪状は重いと判断された。遠島《おんとう》の刑が申し渡されることになるだろう」

杉浦の首は、いずれ吉利が刎ねることになる。だが冤罪の者の首を刎ねることは、しなくて済んだ。

「伊東も池田も、蘭方の医術の発展に尽くすであろう」

「そうですな。先が楽しみですな」

お玉が池の種痘所は、万延元年に幕府直轄となり、翌年西洋医学所と呼ばれるようになる。東京大学医学部の前身であった。

「しかし杉浦を自白させた手際は見事であったそうな。礼をせねばなりませんな」

「いやいや、役に立ってくれた者がありまする。その者らの手柄でありましょう」

お吟は、杉浦が蛇の根付を見せられても、それだけで白状をするとは考えていなかった。山田浅右衛門のすることだから、何とかするだろうとは考えたが、ともあれ奉公人の詰所へ行った。そこで、蛇の尻尾が欠けた理由を聞き出した。米屋の小僧は、あの嵐の夜に一俵の米を届けている。もし杉浦の姿を見かけていれば、欠けたことをしつこく叱られた腰の根付を気にして見ているのではないかと推量した。

小僧を捜し出した。話を聞いてみると、勘《かん》は見事に当たったのである。長谷川の屋敷まで連れてきた。

「では、その者らに、わしから礼をいたそう」

「いや。それには及びません。すでにこちらで、馳走《ちそう》をいたしましたゆえ」

浅草橋御門を北へ渡った茅町《かやちょう》二丁目の角に『鶏卵』という菓子を食わせる甘味屋がある。もち米六分、うる米四分を混ぜて粉にし、水でこねて中に餡《あん》を包む。金柑《きんかん》くらいの大きさに丸めてゆで、薄味噌《うすみそ》仕立ての汁に入れて食わせる。

名の知れた銘菓《めいか》だ。

褒美《ほうび》に何かうまいものを食わせてやろうと吉豊に相談すると、『鶏卵』がよいのではと応えた。

「なぜそう思うのだ」

問い返すと、吉豊は珍しく慌てた顔になった。

「つい先日、評判を耳にしたものですから」

「そうか。ならばそれを食わせてやろう」

一同を引き連れ、茅町へ出かけた。

椀《わん》の中に、むいた小振りなゆで卵が薄黄色い汁をかけられているように見える。艶があって、押せばつんと跳ね返してくる弾力があった。摘んで口に入れる。前歯で噛むと、ほっくりと割れた。餡はそれほど甘くないが、味噌と混じると甘さが増す。

「高いんだよ。だからさ、一度は腹いっぱい食べてみたかったんだよ」

初めお吟は、どうでもいいような顔をしていた。しかし一つ二つと口に入れると様子が変わった。いつの間にかはしゃいだ声を出していた。

「こんなの、初めてだ。死んだ妹に、食わせてやりたかった」

「そうだろ。あたしはおとっつあんに、連れてきてもらったことがある。一緒に食べたのを、つい昨日のことのように思い出すよ」

おタキが涙ぐんだ。天然痘で死んだ親兄弟を偲《しの》んだのだ。

「めそめそするんじゃないよ。めったに口に入らないんだからさ、腹いっぱい食べりゃあいいんだよ」

口に押し込むだけ押し込んで、喉を詰まらせた者もいる。いじましいが、いつものあばずれ娘の姿はない。幼子のような顔付きだ。

「どうだい、味は。あんたも、初めて食べたんだろ」

お吟が吉豊に問いかけていた。上機嫌だ。

「うむ。うまいな」

吉豊は頷きながら、応えている。まんざらではない顔だ。それを見たお吟も、満足そうな笑みを浮かべた。

「まてよ……」

その問答を見ながら、吉利は胸の内で呟いた。吉豊はいつも、甘いものはほとんど食べなかった。それが今日に限って口に運んでいた。『鶏卵』という菓子を知っていたのも腑《ふ》に落ちない。

何の風の吹き回しなのか。からかってやろうかと思ったが、生真面目《きまじめ》に食べる姿を見ると、それができなかった。

そんな、数日前の出来事が頭に浮かんだ。

「ならば、いずれにしても重畳《ちょうじょう》。伊東玄朴と戸塚静海は奥医師となることが明らかになった。近いうちに沙汰があることであろう」

川路も、満足そうな顔をした。

蟬が鳴いている。冷夏だが、ほんの少し心熱くなるものを吉利は感じた。今日もお玉が池には、種痘をしてもらうために江戸の人々が集まっているはずだった。

第三話　やませ風

一

西空の低いところに、ほんのりと明るみが残っている。北東からの冷えた風が町を吹き抜けてゆくので、飛んでゆく烏《からす》の鳴き声が寒々しく聞こえた。

曇天《どんてん》の風の強い日は、梅雨の前から続いている。まだ七月になったばかりだというのに、すっかり秋の深まった気配を感じさせた。縮れた枯葉が舞うことなど珍しくもない。町の人々は、すでに多くが単《ひとえ》ではなく袷《あわせ》を身につけていた。日暮れともなると、肩をすぼめて急ぎ足に歩く人の姿が多くなる。

四谷《よつや》大通りは、甲州《こうしゅう》街道の出発点であり帰着点でもある。旅を終えた人が旅籠《はたご》の明かりの中に吸い込まれ、馬が厩舎《きゅうしゃ》へ引かれてゆく。旅人を呼び込む女の声が響き、その間は冷夏の屈託《くったく》を忘れさせて町は活気づいた。

米の値段が、この一、二ヶ月の間に、みるみる上がった。青物も品薄になって、萎《しお》れかけた菜っ葉でも、驚くような値がついた。日雇いの職人や人夫の手間は削《けず》られ、場合によってはあぶれる者も出た。小売りをもっぱらとする商家の主人の顔色は、どの品を扱う者もあまりさえない。

麴町平川町一丁目の山田屋敷を抜け出した吉利は、四谷御門をへて人通りの多い幅広の道に出た。人の話し声や馬のいななきが聞こえる。安酒を飲ませる屋台店も、ちらほらと姿を見せていた。

今日は、朝から刀剣の鑑定のため、二つの大名屋敷と日本橋の大店《おおだな》の呉服屋へ行った。商家は馴染《なじ》みの家で、延宝《えんぽう》期の名工である備前守助広《びぜんのかみすけひろ》の濤瀾《とうらん》刃を見た。匂口の冴《さ》えた刀剣で、正真の作であることは疑いようもなかった。

だが大名家の一つでは、鑑定に難渋した。

建武《けんむ》期の刀工、相州貞宗《そうしゆうさだむね》作ではないかと鑑定を依頼された。浅いのたれ刃が沸《にえ》づいて総体に金筋《きんすじ》がかかっていた。瑕瑾《かきん》もない。美刀であることは間違いなかったが、光源にかざすと、金筋の輝きがいま一つだった。茎《なかご》には確かに貞宗の銘《めい》が刻まれていたが、その字形がこれまで見たものと微妙に違っていた。

吉利は貞宗の作ではないと、鑑定した。

「異なことを申すではないか」

依頼をした藩主は、その鑑定を不服とした。分家の出でありながら嫡子《ちやくし》となり、藩主となってまだ間のない二十代半ばの男だった。貞宗の作だとする刀剣は、長く分家の家宝として秘蔵されてきたものらしい。

鑑定の場には、江戸家老と留守居役《るすい》、それに側用人も同席していた。江戸詰の重臣らの前で、若い新藩主は恥をかかされたと感じたらしかった。

「もう一度、見ていただきたい」

執拗《しつよう》な男だった。吉利は再度刀剣の見直しをしたが、鑑定に変更はなかった。初めに見た自分の判断の正しさを確認しただけだった。

藩主の仏頂面《ぶっちょうづら》は、同席する者の間に気まずい空気を作った。

しかし吉利にしてみれば、相手が誰であろうと鑑定の結果を曲げることはできなかった。藩主が席を立つと、江戸家老と側用人もそれを追うように部屋を出て行った。ろくに挨拶《あいさつ》もしなかった。

鑑定は当初二刀の予定だったが、残りの一刀は運ばれてこなかった。

「不調法で、ご無礼つかまつった」

付き合いのあった留守居役が、困惑《こんわく》の表情で詫《わ》びを言った。

「気になさることはござらぬ。ままあることでござる」

家宝だと信じていた刀剣が、実はそれほどの品ではなかったと鑑定されることは、依頼者にとって愉快なことではない。一笑にふすことができれば幸いだが、誰にでもできることではなかった。期待が大きかったり、面目といった厄介《やっかい》なものが絡《から》んでいたりすれば、なおさらである。

気にするなと口では言ったが、吉利にしても愉快なことではなかった。

明日は、朝から小伝馬町の牢屋敷へ向かう。四名の科人《とがにん》の斬首を執行すると知らせがあった。そのうちの三名には、付加刑の試し斬りも行なわれる。

重い気分を払うために、吉利は一人で屋敷を出てきた。妻の志乃が存命だったときには、たとえ病に臥《ふ》してはいても、語らうことができた。息遣いを聞き、額《ひたい》の手拭《てぬぐ》いを取り替えるだけでも、気持ちが安らいだ。

今の吉利には、それがなかった。

四谷大通りの北側、麴町十三丁目の一角に、『ひょうたん』という名の居酒屋がある。行商の小商人《こあきんど》やお店者《たなもの》、手間取り職人や人足といった者たちが出入りする安直な店である。

「いらっしゃい」

元気のよいだけが取柄《とりえ》の肥えた女中が、声を張り上げる。金壺眼《かなつぼまなこ》で、おたふく顔の頰《ほお》がひたすら赤い。

店の飯台は、まだ半分くらいしか埋まっていなかった。吉利がこの店に入るのは、四、五度目くらいのことである。店の女中は、このごろようやくこちらの顔を覚えたようだった。

吉利の名や生業《なりわい》を知る者は一人もいない。初めて店に入ったときには、身なりのよい吉利を怪訝《けげん》な目で見る者もあったが、近頃は女中も常連の客たちも慣れてきたようだ。店の隅の樽《たる》の腰掛に座って、酒と一、二品の肴《さかな》を取る。ちびりちびりとやっていても、気に留める者はなかった。

誰にも話しかけず、話しかけられることもない小半刻（三十分）を過ごす。それが心地よかった。

茶屋女に入れあげて女房に逃げられた男の話、運んでいた荷車同士がぶつかって喧《けん》嘩《か》になった話、半月前に一朱で買えた米の量が今では二割がた少なくなったという話。涼しさを通り越した寒い日が続くので、目が見えにくくなったとか頭が痛い日が多いと嘆《なげ》く老人。巷《ちまた》の話題が、吉利の頭の上を通り過ぎてゆく。

それはそれで、興味深かった。

一合の酒が瞬《また》く間になくなり、二本目を注文した。

「お待ちどお」

大柄な女中が飯台に銚子《ちょうし》を置いたとき、その男が店に一人で入ってきた。

年の頃六十前後か、大柄な骨太の男である。だが艶《つや》のない顔は黄ばみ、眼窩《がんか》がくぼんでいた。頰もこけている。骨に皮が貼り付いているようだ。月代《さかやき》も伸びて、絹物の夏羽織を身につけていたが、皺《しわ》が寄ってだいぶ埃《ほこり》っぽかった。

ふらふらと壁際に寄った。そして吉利が一人で腰掛けている飯台の、向かいの樽に尻を落とした。しゃがれた声で、酒だけを一本注文する。

ここで初めて、向かいに吉利がいることに気付いたらしかった。武家なので驚いた様子である。頭を下げて、立ち上がろうとした。

「いや、それには及ばぬ。座られよ」

吉利が言うと、ふうとため息をついた。左手で、下腹をさすっている。手のひらは柏《かしわ》のように大きく節《ふし》くれ立《だ》っていた。

酒が運ばれると慎重に杯《さかずき》に注ぎ、さも大事そうに口へ持っていった。顔をしかめて一息で飲み干した。酒がうまいのか、飲むのが苦痛なのか、見ただけでは分からなかった。

「大丈夫ですか、三枡《みます》屋の旦那《だんな》」

頰の赤い女中が、案じ顔で声をかけた。男は、近所の者らしい。

「なあに、どうってえことはない」

応《こた》えた後で、もう一度下腹をさすった。どうやら腹が痛いらしい。時おり、顔をしかめる。胃の腑《ふ》の病に罹《かか》っている気配だが、それでも酒が飲みたいという、呑兵衛《のんべえ》なのかもしれなかった。

杯を口に運んでは、ふうとため息を吐く。腹痛だけでなく、他にも屈託がありそうだった。

「この近くにお住まいか」

覚えず吉利は声をかけていた。店に入ってはじめてのことである。

「はい、隣町の伝馬町で米屋を営んでおります」

「ほう。今年は冷夏で、米の値が上がっていると聞く。商いはやりにくかろう」

「そうですな。難渋しておりますよ。米が蔵に唸《うな》っていても、売り惜しむ問屋がありますからな」

「さらなる値上がりを、見越しているわけか」

「さようでございます」

そこまで言って、男は腹を押さえ顔を歪《ゆが》めた。激しい痛みが、下腹を襲《おそ》ったものと思われた。

「無理をするな。もう帰ったほうが、よいのではないか。家の者が案じておろう」

吉利が言うと、男は口先で嗤《わら》った。俯《うつむ》いた顔が寂し気に見えた。

「女房や子は、おりませぬ。三月前に離縁をいたしました」

ならば天涯孤独《てんがいこどく》かと思ったが、吉利は声には出さなかった。商いに難渋していると言ったが、身なりを見ればそれは確からしかった。

「おじさん。ここにいたんだね。さあ、帰ろうよ」

いきなり、女の声がした。頬の赤い女中ではない。二十歳《はたち》前後の、うりざね顔の娘である。地味な絣《かすり》の着物で、素足に下駄《げた》を突っかけていた。化粧はしていなかったが肌理《きめ》が細かく、色白で鼻筋が整っていた。

「ああ、おしなか。迎えに来てくれたのか」

「そうだよ。具合が悪いのに、酒なんか飲もうとしてさ、だめじゃないか」

男が立ち上がると、おしなと呼ばれた娘は、太い腕の下に潜《もぐ》り込んだ。担《かつ》ぎ上げようとしている。痩《や》せているとはいっても、男の体は大きいので、女の体は揺らいだ。

「すまねえな」

「ううん、平気さ。これくらい」

おじさんと呼ばれる間柄ならば、女は姪《めい》ということになる。女房や子はないといったが、天涯孤独の身の上ではないということは分かった。

「さあ、行くよ」

足を踏みしめているが、よろよろ歩きになった。世話を焼く姪の行動を、男は受け入れていた。

「酒代は、つけといてくれ」

言い残すと店を出て行った。店の敷居に蹴躓《けつまず》いたのを、女が支えた。二人の後ろ姿が、吉利の目蓋《まぶた》の裏に残った。

「つけといてくれって言ったたって、三枡屋さんはいつ潰《つぶ》れるか分からないお店ですよ。困ったもんです。店へ行ったたって、米なんて一俵もない。古い店だけど、もう駄目だろうというのが、この近所の噂《うわさ》ですよ」

女中が吉利にぼやいた。冷夏で米の値が上がっているのに、仕入れる金がない。女房や子だけでなく、すべての奉公人が逃げ出してしまった。ほんの一月前にふらりとやって来た姪っ子と二人で暮らしているという。

「体の具合も悪いらしくてさ。姪だっていうあの人も、見かねて世話を焼いているんでしょうけどね」

それだけ言うと、女中はやって来た新しい客に、威勢よく「いらっしゃい」と声をかけた。

「まだ七月になったばかりだってえのに、寒い、寒い。熱燗《あつかん》でももらおうか」

大工道具を抱えた半纏《はんてん》姿の男は、女中にそう言った。

安政五年（一八五八）
夏中、雨多くして炎威《えんい》烈しからず。秋にいたりても天顔快晴の日少なし。冷気がちにて眩暈《めまい》、逆上《のぼせ》、眼病、頭痛をやむ人多し。
『武江年表』

二

「では明後日。それまでに利息の一部二十両だけでも払ってもらいましょう。それができなければ、このお店は明け渡していただきます」

借用証文を膝《ひざ》の前に広げた越中《えっちゅう》屋五左衛門《ござえもん》は、三枡屋市兵衛《いちべえ》に向かって言った。

どれほど駆けずり回っても、もう三枡屋に金を貸す者はいない。親類縁者は、とっくに手を引いていた。関われば千両を超す莫大《ばくだい》な損害が回ってくる。それを避けたいがために、あの手この手で縁切りをしてきていた。

市兵衛にしても、女房子供を離縁し遠縁に預けたのは、そこに累《るい》を及ばせないようにしたいがためにであった。

それらを承知で、五左衛門は言っていた。四十代後半の、筋骨逞《たくま》しい体つきである。艶のある日焼けした顔が、精力的な男に見せた。

「代々続いたお店ですからな、手放すのは惜しいでしょう。ここは四谷大通りに面した一等地だ。店の間口も広い。この建物と土地を担保《たんぽ》にしていただけたので、お金を融通《ゆうずう》して差し上げた。しかしそれは、お役に立たなかったようですな」

越中屋は、深川の米問屋である。五左衛門は利に聡《さと》い男で、冷夏の兆《きざ》しが表れた時点から米の買占めを始め、すでに数千俵を備蓄したと噂されている。ここまで来ると、全国的な不作は避けられず飢饉《ききん》が予想された。そんな中で高騰する米価は、莫大な利益を越中屋へもたらすはずだった。

また五左衛門は、米問屋という表稼業の他に、豊富な資金を利用して高利貸しまがいのことも行なっていた。資金繰りに困っている商家を見つけると、言葉巧《たく》みに近寄り、初めの一、二度は低利で金を貸す。気を許したところで大量の金を高利で貸付け、ついには土地や店を取り上げた。

市兵衛にしても、こんな男から金を借りたくはなかったが、背に腹は代えられなかった。

何よりも不幸だったことは、今夏の異常な低温である。東北からのやませの風は、いつまでも吹き続いた。仕入れ値はうなぎ登りで、売値を常に凌駕《りょうが》した。四谷の老舗《しにせ》の米屋として、不作を理由にしてなりふり構わず売値を上げることはできなかった。不作を足がかりにして米を買占め、足元を見て売値を上げる商いを、あこぎだと考える矜持《きょうじ》が市兵衛にはあった。

これまでにも、米穀の不作はいくつもあった。けれども三枡屋は律儀な商いで信頼を得、それらを乗り越えてきた。しかし今度ばかりはそうもいかなかった。おまけに、半年前亡くなった母親は労咳《ろうがい》で金のかかる治療を行なった。家付き娘だったこともあって、浪費癖《ろうひぐせ》があった。箱根《はこね》へ湯治に行きたいだの、高価な高麗人参《こうらいにんじん》がほしいだのと我がままを言った。金のあるうちはよかったが、家運が傾いてくると、女房との仲も険悪《けんあく》になった。

三月前に借りた四百両の金は、あれよあれよという間に八百両を超す借財に膨《ふく》れ上がっていた。五左衛門以外の高利貸しからも、金を借りていた。

「では、明後日また参りましょう。そのときまでには、家財道具も運び出しておいてくださいな。いや、その必要はないか」

部屋の周囲を見回しながら、五左衛門は言った。口元に、あからさまな嘲笑《ちょうしょう》を浮かべていた。

家の中には、家財道具といえるようなものは、あらかたなくなっている。離縁した女房が持ち出し、暇を与えた番頭などにも給金の代わりに持たせた。最後に残った細々としたものも、道具屋が二束三文《にそくさんもん》で買い叩いて持ち去っていった。それは支払う利息の足しにもならなかった。

五左衛門には、茶の一杯も出してはいない。一月ほど前から姪のおしなが住み込んでいるが、この男がやって来るときには、台所に隠れさせた。

借金取りの五左衛門と会うのを、嫌がったからである。おしなは市兵衛の弟俣次郎《またじろう》の娘だ。俣次郎は七年前に亡くなっていた。

五左衛門は、いつも一人でやって来た。大柄で膂力《りょりょく》のある男だったから、腕に自信があるのかもしれない。相手を声高に罵倒《ばとう》したり手荒なことをしたりということはなかったが、気持ちを逆撫《さかな》でするようなことを平気で言った。

「あんたも不運だった。老舗の跡取りとして生まれながら、受け継いだ店をたたむわけだからな。もう少し時勢を見る目があったならばな、こういうこともなかっただろう」

膝の前に広げていた借用証文を、五左衛門は折りたたんだ。そしてそれを広げた風《ふ》呂敷《ろしき》の上に置く。風呂敷の中には、金の出納《すいとう》を記入する帳面と、何枚かの借用証文を常時入れていた。丁寧に四隅を結んだ。持てば軽い風呂敷包みだったが、千両箱二つ分ほどの価値が、そこにはあるはずだった。

「では、失礼しますよ」

市兵衛は、座り込んだまま五左衛門の言葉を聞いていた。激しい痛みが、下腹を襲っていた。

一刻ほど前、四谷大通りの『ひょうたん』へ久しぶりに行った。腹痛は、日を追うごとにひどくなっている。潮《しお》のように押し寄せてくる痛み。その感覚が徐々に狭まっていた。血便など珍しくもない。

それでも酒が好きだった。若い頃は浴びるほど飲んでも、体はびくともしなかった。このままではいずれ一滴も飲めなくなる。せめて今のうちに腹に入れておこうと、一本だけ頼んだ。だがそれは、病んだ胃の腑には響いたらしかった。おしなが迎えに来てくれなかったならば、一人では帰れなかったかもしれない。

いたわりの言葉をかけることもなく、五左衛門は廊下を軋《きし》ませながら歩き、店を出て行った。

「ちくしょう」

そう漏らしたのは、市兵衛ではなかった。隣室で様子を窺《うかが》っていたおしなだった。

五左衛門の物言いや態度に腹を立てたらしかった。

「もとをただせば、あいつが苦しいところに付け込んで高利の金を貸し付けてきたんじゃないか」

おしなは五左衛門を蛇蝎《だかつ》のごとく嫌っていた。

幼い頃から、かっとなると見境のつかなくなることがある娘だった。それは父親の俣次郎とよく似ていた。

台所に駆け込んだ。何かする物音が聞こえた。

その足音がただならぬものに感じて、市兵衛は立ち上がった。幸い、痛みは小康状態だった。

「どうしたんだ」

台所を覗いた。そのときおしなは、手拭いで包んだ出刃包丁《でばぼうちょう》を手にして外へ走り出てゆくところだった。

「ま、待て」

叫ぼうとしたが、声にはならなかった。痛みがぶり返してきたからである。

おしながしようとしていることは何か、市兵衛には見当がついた。そんなことをさせてはならぬという思いで、腹痛を堪《こら》えながら後を追った。

四谷大通りから、堀端の道に出た。五左衛門は牛込御門の北まで出て、そこで猪牙《ちょき》舟《ぶね》を拾い、深川へ帰ることになる。おしなはその途中で追いつくはずだった。

夜も更けている。堀端の道は商家も少ないので、人通りはきわめて少なくなっていた。

腹の底から痛みが突き上げてくる。そのたびに足が縺《もつ》れ、転びそうになった。速くは走れなかった。目も、近頃は夜になると見えにくくなり、視界も狭まった。ただ四谷大通りや堀端の道は、物心ついたときから毎日何度も通った道である。目をつぶっていても歩ける道だった。

「ううっ。おのれっ」

やや離れたところから、獣《けもの》の呻《うめ》き声のようなものを聞いた。それほど遠い先ではない。人の倒れるような地響きもあった。そして人の走り去る足音。はっとしてそちらを見たが、闇《やみ》に紛《まぎ》れて何も見えなかった。ただ犬の遠吠えが、同じ方向から聞こえただけである。

月のない夜だった。

どれほど歩いただろうか。足元の何かにぶつかって、市兵衛はすっ転んだ。地べたに倒れてから、そこに人が横たわっていることに気がついた。近づいて目を凝《こ》らした。不思議なことに腹の痛みは消えて、心の臓が早鐘《はやがね》を打っていた。

予想したとおり、倒れていたのは五左衛門だった。濃い血のにおいがする。左の胸に、出刃包丁が刺さっていた。暗がりでも、その包丁が家から持ち出されたものであることは、柄を触ってみただけで分かった。

刺したのは、おしなだと確信した。五左衛門は屈強な男だったが、相手が女だと甘く見たのかもしれなかった。傷口はもう一つ。肩の右腕の付け根あたりにもあった。

触ると、血でぬるっとした。

死体の周囲を見回した。抱えていた風呂敷包みが、落ちているのではないかと考えたからである。中には何枚かの借用証文が入っていた。慎重に見たが、見当たらなかった。

おしなが刺した後、持ち去ったのだと思われた。

市兵衛は、そのままにはできないと感じた。包丁の持ち主を洗い出される。そうれば厄介だ。柄を握った手に、力を入れた。そしてぐいと引き抜いた。すると血が噴《ふ》き出した。生臭くまだ温かい血だった。

手や袖《そで》、体にかかった。

抜いた包丁を袂《たもと》で包んだ。と、そのとき、女の悲鳴が上がった。提灯《ちょうちん》の淡《あわ》い明かりが、こちらを照らしている。女は提灯を放り出すと、町明かりのある四谷大通りの方向へ駆けていった。

市兵衛は立ち上がった。こうしてはいられない。すぐに店に戻らなければならないと考えた。しかし悲鳴を上げた女が走り去った、堀端の道を行くわけには行かなかった。岡っ引きや町役人《ちょうやくにん》を連れてくる可能性があった。また夜更けているとはいえ、四谷大通りには人通りがある。

路地道に入った。このあたりの道筋ならば、脇道だろうが他人の敷地だろうが、掌《たなごころ》を指すようにどこでも分かった。裏道だけで、店まで帰る自信があった。

「くそっ」

だが数歩歩いたところで、激しい下腹の痛みがぶり返した。それは腹全体に広がって行く。冷たい風も吹き抜けていった。

それでも歩くのを、やめるわけにはいかなかった。そろそろと歩いた。足音を立てぬよう何かにぶつからぬよう、細心の注意を払った。

腹痛がなければ、たちどころについてしまう店が、やけに遠く感じた。だが誰にも会うことなく、店まで辿り着くことができた。

裏木戸を開けて、敷地の中に入った。台所に、明かりが灯ったままだった。戸を開けて敷居を跨《また》ぐと、強い光が顔に当てられた。

何人かの男の姿があった。いくつかの顔に、見覚えがあった。

「市兵衛さんよ。おめえ、堀端で人を刺し殺したな」

そう言ったのは、このあたりを縄張りにしている岡っ引きだった。房のない十手を光らせた。提灯を投げ捨てて走り去った女は、自分の顔を見たのだと市兵衛は察した。

手には血のついた出刃包丁の柄を握り、袖口や胸にもべっとりと新しい血がついている。

台所の隅で、おしなが怯《おび》えた顔で立ち尽くしているのが見えた。目と目が合ったとき、何かを懇願《こんがん》されたような気がした。

それで腹が決まった。

「そ、そうだ。おれが一人でやったんだ。あんまりひどいことを、言われたものだからな」

三

今日も、やませの冷風が朝から吹いていた。正午過ぎ薄日がちらと差しかけたが、すぐに雲に覆われた。

庭の樹木の中には、早くも紅葉し始めたものがある。夕方になると、虫の音が騒がしくなった。

「父上、どちらへお出でになりますか」

出かけようとしていると、嫡子の吉豊が声をかけてきた。

近頃、急に大人びてきたと感じる。それは体が大きくなったとか、剣の腕前が目に見えて上達したとか、そういうことではなかった。この一月ほど、探索のために同道することが多くあった。お吟という莫連娘《ばくれん》とも知り合い、考えを聞く場面も多かった。そういうことが、何か影響しているのかも知れなかった。

吉豊は何も言わないが、あばずれのお吟を気に入っているかに見えた。ただ物珍しいだけのことか、娘として好いているのか、それは見当もつかない。だが我が子がそういう年頃になったのだということを、吉利は改めて心に留めた。次男の在吉は適当に遊んでいるらしかったが、吉豊は融通の利《き》かない堅物《かたぶつ》だとばかり思っていた。

「うむ、ちとな。気散《きさん》じにまいる」

「そうですか。それはよろしゅうございますな。母上も、安堵《あんど》なさるでしょう」

吉利が仏間に籠《こも》って鬱々《うつうつ》としているのを、良くないことと考えていたようだ。どこに出かけるのかとは訊かなかった。同道するとも言わない。

屋敷を出ると、四谷御門に向かって歩いた。西空の低いあたりに、僅《わず》かに朱色が差していた。大通りにある居酒屋『ひょうたん』へ行ってみるつもりだった。

前回行ってから、五日ほどがたっている。腹痛を押して酒を飲みに来た、米屋の主人のことを思い出した。姪だという娘の肩を借りて、帰っていった。米屋だというのに、米は一俵もないと居酒屋の女中が話していた。

あれからどうなったのか。ほんの少し、気になった。

四谷大通りに出る頃には、日はすっかり落ちていた。人の通行は少なくない。飲食を供する店や旅籠《はたご》などが明かりを灯《とも》して、客の呼び込みを行なっている。道端の屋台店からは、田楽《でんがく》の味噌の焦《こ》げるにおいや天麩羅《てんぷら》を揚げる香ばしいにおいが漂《ただよ》ってきていた。

物が皆値上がりするご時勢だが、呑兵衛は何があってもなくても、飲みたい気持ちは変わらない。なけなしの銭を握り締めて、身の丈に合った店へ足を運ばせる。

「おや、いらっしゃい」

頰の赤い肥えた女中が、吉利の顔を見て言った。店にある腰掛の樽は、半分ほどが埋まっている。一渡り見回してみたが、先日の米屋の主人の顔は窺えなかった。中年の職人風の男たちが、声高に何か喋《しゃべ》っていた。

吉利は壁際にある、空いた飯台の前に腰を下ろした。

「今夜のお勧めは、串鮑《くしあわび》の煮付ですよ。いかがですか」

酒を注文すると、女中が言った。

良質の鮑が手に入ったのだとか。鮑の腸《はらわた》などを除いて、串に刺して干したものだが、これを店の親仁《おやじ》が数日水に漬けておいた。柔らかくなったところで、薄くへぎ切りにして、みりん酒と醬油《しょうゆ》でとくとくと煮た。最後に葛《くず》だまりにして煮とじた品だという。

「ならばそれをもらおうか」

鮑を肴にして、酒を飲んだ。鮑は柔らかく、薄味に煮てあり、うまかった。煮汁の葛がことのほか酒に合った。

一本飲み終えたところで、吉利は女中に問いかけた。

「伝馬町の三枡屋とかいう米屋の主がいたな。腹を病んでいた様子だが、あの者はいかがしておろうか」

言い終わらぬうちに、頰の赤い女中は金壺眼を大きく見開いた。

「旦那、ご存じなかったんですかい」

あたりを見回し、声を潜《ひそ》めた。

「どうしたというのだ」

「今、三枡屋市兵衛さんがいるのは、小伝馬町の牢屋敷ですよ。借金返済の催促《さいそく》に来た深川の米問屋の主人を、刺し殺したんですよ。店を取り上げられる上に、ひどいことを言われたとかでね」

凶行があったのは五日前、吉利とここで顔を合わせたあの日のことである。夜半の、堀端での出来事だそうな。

「通りかかった町の荒物屋のおかみさんが、腹に刺した包丁を抜き取っているところを見かけたんですよ。おかみさんはすぐに自身番に知らせて、岡っ引きと町役人が堀端の道に出向いた。でもそこには三枡屋さんはいなくて、店まで駆けつけた。そしたらさ、しばらくして戻って来たんだって」

「………」

「手には血のついた包丁を握り締めていて、衣服にも血がべっとりとついていた。それじゃあ申し開きもできやしない。自分がやったって、白状したそうですよ」

「堀端ということは、出て行ったところを追いかけたということだな」

酒一本分の、心地よい酔いはすっ飛んでいた。

「そうですよ。よほど腹に据えかねたんでしょうね」

女中は同情的な口ぶりだった。三枡屋は古くから店を構えている米屋で、市兵衛はあこぎな商売をするような男ではなかった。不憫《ふびん》に思う者もいたようだ。

「殺されたのは深川の米問屋の主人で、金貸しもしていたらしい。米の不作を見込んで買い占め、ぼろ儲《もう》けを企《たくら》んでいた人らしいですよ。でもさあ、そんな人でも刺し殺しちゃあいけませんよね」

他の客から新たな注文を受けて、女中は「はあい」と大きな声で返事をした。店は混み始めている。いつまでも女中を引き止めておくわけにはいかなかった。

腹痛に堪えながらも、酒を飲みに来た呑兵衛。いじましいと言えばそれまでだが、酒飲みとして気持ちが分からぬわけではなかった。そしてどのような事情があったかは分からぬが、人を刺し殺すような者には見えなかった。大柄な男を抱えて、足を踏ん張りながら店から出て行った姪だという娘のことも、はっきりと記憶に残っていた。

「だがな……」

話を聞いて、腑に落ちないこともあった。

殺されたのは、米問屋の主人である。問屋にしろ小売りにしろ、総じて米を扱う店の主人や番頭というものは、屈強な体の者が多い。なぜならたとえ跡取りであっても、若い頃から毎日のように米俵を担がされるからである。一俵の米俵の重さは半端なものではない。日々を過ごすうちに、おのずと膂力のある体ができてしまうのだった。

三枡屋の主人も骨太で骨格のしっかりした男ではあった。けれども腹痛を病み、体は痩せ衰《おとろ》えていた。歩くこともままならず、姪の腕を借りてやっとのことで居酒屋から店へ戻ったはずである。

それがはたして、米問屋の主人を刺せるものなのだろうかという疑問である。米の買占めを図り、裏で高利貸しをするような男が、おめおめと刺されるとは思えない。知り合いではあったわけだし、病人だと甘く見たのだろうか。

また何かを奪ったのか、あの姪が凶行に関わっていたのかどうか、そのあたりも気になった。

何かを奪う目的で殺した場合と、止《や》むにやまれぬ事情があり、また我が身を守るために止むを得ず刺したというのとでは罪状も変わってくる。もっとも出刃包丁を持ち出したというのならば、初めから殺す意思があったと考えざるを得ないのではあったが……。

「あの姪だという娘は、どうなったのだ」

女中が近くを通ったとき、吉利は訊いてみた。

「店は、翌日の朝には奉行所のお役人が来て、雨戸をたてた上に竹竿《たけざお》を十文字に打ち付けて閉ざしてしまった。もっともそうでなくても、二、三日のうちには、店を明け渡さなくてはならなかったらしいですけどね。おしなさんていう娘は、同じ伝馬町の長吉店《ちょうきちだな》という裏長屋へ一人で移ったということでしたよ」

「奉公人はどうした」

「そんなもん、とっくにいませんよ」

伯父《おじ》と姪だけで暮らしていたのである。

「市兵衛は殺したあと、遺骸《いがい》から何かを奪っていたのかね」

「小判の入った財布は、懐にあったたって聞きましたね。でも、何か盗まれたものが他にあるとかないとか。詳しいことは、私らには分かりませんよ」

女中は近隣の噂話や、瓦版《かわらばん》で報じられたことを口にしているだけだった。瓦版は街中で売られたが、吉利は目にしていなかった。

「おしなという娘に、会ってみるか」

五日前に一度だけ会い、四半刻にも満たない間同席しただけの人物である。交わした言葉も、ごく僅かなものである。しかし人を刺し殺して捕らえられたと聞いて、「そうか」とそれだけで終わりにするのも釈然《しやくぜん》としないものがあった。

『ひょうたん』を出て、伝馬町へ足を伸ばした。三枡屋は女中が話していた通り、店を閉じ闇の中にひっそりと蹲《うずくま》っていた。もちろん人の気配などまったく感じられなかった。

長吉店は人に聞いて、すぐに分かった。おしなが移り住んだという部屋からは、淡い明かりが漏れていた。

長屋の木戸口には、岡っ引きの手先らしい男がさりげない風を装って立っている。動きを見張っているものと思われた。

「おしなどの」

吉利は声をかけると、腰高障子《こしだかしようじ》を横に引いた。

「まあ」

おしなは武家の急な来訪を驚いた様子だった。何度か目を瞬いた。

「『ひょうたん』という居酒屋で、市兵衛殿と同席したことがある者だ」

そう告げると、「あっ」という顔をした。迎えに行った折のことを思い出した模様である。部屋の中に招かれた。

吉利は上がり框《かまち》に腰を下ろした。九尺二間の粗末《そまつ》な長屋で、部屋の隅に布団《ふとん》が積まれているだけだった。行李《こうり》一つ置かれてはいなかった。

「拙者《せっしゃ》は山田浅右衛門と申す者である。よろしければ、伯父ごの事件について、話を聞かせていただけまいか」

そう告げると、おしなは体を硬《かた》くしたが小さく頷いた。先日見たときよりも、青白い顔をしていた。窶《やつ》れた印象である。だが芯の強そうな眼差しだとも感じた。

「越中屋五左衛門という人は、ひどい人でした。店と土地を取り上げるだけではありません。時勢を見る目がないから、代々続いた店を潰すことになるのだと言いました。伯父には我慢ができない言葉だったのだと思います」

「聞いていたのか」

「大きな声でしたので聞こえました。私は客間から少し離れた、おかみさんが使っていた部屋にいました」

「市兵衛が出刃包丁を持ち出すところを見たのか」

「いえ、気がつきませんでした。血相を変えた岡っ引きの親分や町役人の方たちが見えて、初めて伯父がいなくなっていたことを知りました」

「ほう」

おしなの声は小さいが、はっきりとした物言いだった。俯き加減で、ささくれ立った畳《たたみ》の面を見詰めていた。

「市兵衛が店に戻ってきたとき、手には何も持っていなかったのか。越中屋は、何かを盗まれたという話を耳にしたが」

「帰ってきたときに手にしていたのは、血のついた包丁だけでした。岡っ引きの親分が懐の中を改めましたが、何も入っていませんでした」

「市兵衛は、すぐに戻ってきたのか」

「親分方が見えて、しばらくしてからでした。お腹が痛くて、手間がかかったんだと思います」

辛《つら》そうな顔をした。伯父の身を、案じたのだろうか。

「その方は姪だというが、父母はどうしたのか」

吉利が問いかけると、おしなの顔が微かに歪んだ。

「おっかさんは七年前に、流行病《はやりやまい》をこじらせて亡くなりました。おとっつあんも同じ年に怪我《けが》がもとで死にました。市兵衛はおとっつあんの兄です」

「では、市兵衛がその方の面倒を見たのか」

「奉公先を探してくれました」

おしなは当時十五歳で、神田富松町《とみまつちょう》にある『磐田屋《いわた》』という両替屋に奉公したという。四年前に両替屋から暇を貰って、以後は深川蛤町《はまぐりちょう》の料理屋で仲居をしていた。一月前に伯父の窮状《きゅうじょう》を耳にして、店にやって来たのだと話した。

数年ぶりに目にした三枡屋は見る影もなく落莫《らくばく》とし、伯父は腹痛に苦しんでいた。洗濯をしてやる下帯には、いつも下血の跡があった。

「医者にはかからなかったのか」

「かかっちゃいませんでしたよ。医者にかかる金があったら利息のたしにするんだって、いつも言っていました。伯父は生真面目《きまじめ》な人でした」

「米が不作の折は、買い置いて高く売ろうとはしなかったのか」

「そういうことができる人だったら、店を手放さなければならない破目《はめ》には、ならなかったんじゃないでしょうか。あこぎなまねをして稼いだ金は、身につかないといつも言っていましたから」

「その方は、深川の料理屋にいたと言ったな。それでは、越中屋の評判を聞いたであろう。どのようなものだったのかな」

「米蔵をいくつも持っていて、その蔵は米不足の今でも、満杯だと聞いています。値が上がり切ったところで、手放す腹だともっぱらの噂です。食うに困る人がいたって、そんなことにはお構いなしです。お金のない人は、生きる力がないからだって、平気で馬鹿《ばか》にします」

「なるほど。その方も、嫌っていたのだな」

「もちろんです」

強い意志の籠った目で、おしなは吉利を見た。きりりとした顔は、それはそれで美しく見えた。

「これからどうするつもりだ」

「分かりません。伯父がどうなるか、それが気になります。体のことも案じています」

罪刑が確定するまでは、たびたび奉行所へ呼び出されることになる。今は勝手に動くことはできない身の上のはずだった。

「好いた男はいないのか」

気丈で器量よしだといえる。そういう者があっても、おかしくはないと思われた。

「いませんよ。そんな人」

　おしなは一瞬、慌《あわ》てた顔をした。恥じらいではない。具合の悪いことに触れられた。そういう感じだった。伯父が牢屋敷に捕らえられている。このままいけば、死罪は免《まぬが》れない。好いた男どころではない、ということなのだろうか。

　吉利が長屋を出ると、木戸口近くで見張っていた岡っ引きの手先がつけてきた。市兵衛一人の犯行なのか、それにおしなが関わっているのか。奉行所はまだ、決めかねているのかもしれなかった。

「わしは、山田浅右衛門という者だ」

　立ち止まって振り返った吉利は、手先に言った。手先は、あっという顔をした。名を知っていた模様である。

「あす、牢屋同心の滝田どのを訪ねる。怪しい者ではないゆえ、つけるには及ばぬ」

「へい」

　手先は、ぺこりと頭を下げた。

四

「なるほど。山田殿はあの殺害があった夕刻に、市兵衛と酒を飲んだのでしたか」

牢屋同心の滝田五十五郎は、薄い番茶を差し出しながら吉利に言った。滝田は鍵役の同心で、牢内の事情に詳しい男である。十年来の昵懇《じっこん》なので、斬首があった後には、よくここで雑談をした。屋敷へ呼んで酒を飲ませることもあったが、斬首の執行がない朝に、同心詰所を訪ねるのはめったにないことだった。

昨夜おしなから話を聞いた。深川の米問屋越中屋五左衛門が殺害され、三枡屋市兵衛が犯行を自白したのは事実だが、腑に落ちないことがいくつかあった。捕らえられてから今日まで、様々な牢問いが行なわれているはずだが、その状況を滝田から訊こうと考えたのである。

吉利がもっとも不審に感じたことは、市兵衛が包丁を持ち出して五左衛門を追いかけたことを、おしなが気付かなかったという点だった。

市兵衛は激しい腹痛に苦しみ、背負われなければ居酒屋から店に戻ることはできなかった。たとえ腹痛がいくらか治まっていたとしても、動くのはやっとだったはずである。台所から物音も立てずに包丁を持ち出し、店を出ることができたのだろうか。

その日の夕刻過ぎに市兵衛と会っていた吉利は、無理だと思う。

次の疑問は、市兵衛は一人で五左衛門を襲えたのかということである。また何かを奪ったというのならば、それはどのような品でどこへやったのか。話の道筋によっては、共犯者がいた可能性も出てくることになる。

共犯者がいるとすれば、濃厚なのはおしなだ。見張りをつけているわけだから、奉行所も怪しいと睨《にら》んでいるはずだった。

「五左衛門は、仰向《あおむ》けに倒れていましたな。心の臓に刺し傷があり、それが致命傷でした。傷跡は他にもう一ヶ所。肩の右腕の付け根のあたりにありました。これは浅手でしたが」

「ということは、正面から襲ったということだな」

「そうです。顔見知りですから包丁を袂に隠して近づくことができ、肩を一度刺した。しかしそれでは死なないので、抜いて心の臓を一気に刺し直したと市兵衛は供述しています」

「うむ」

「五左衛門は、歯向かう暇がなかった模様です。通りかかった荒物屋の女房が見たのは、市兵衛が胸から出刃包丁を抜いた場面でした。他に目撃者はいません。ただ四谷大通りを、顔を歪めさせた市兵衛が、堀に向かって歩いてゆくのに気付いた者はありました。手に包丁があったかどうかは覚えていませんでしたが、一人だったそうです」

「そうか。ところで奪われたものは、あったのかな。店に戻った市兵衛は、包丁の他に何も持っていなかったようだが」

「死体の懐に、六両二分ほど入った財布がありました。これには手をつけてはいませんでした。ですが五左衛門が貸し金の督促《とくそく》や利息の受け取りに向かう際、いつも持ち歩いている風呂敷包みが見当たりませんでした」

「何が、入っているのだ」

「貸し金の詳細を記した綴《つづ》りと相手から受け取った借用証文です。五左衛門はこの証文をちらつかせながら、返金を迫るのが常のやり方だそうです。枚数は三枡屋のものを含めて、四、五枚かと思われます。合わせれば、千両に近い額になるはずです」

「たいした額だな。市兵衛は何と申しているのだ」

「店に現れたときから、持っていなかったと言っています。しかし同日三枡屋に行く前に五左衛門が訪ねた太物屋では、風呂敷包みは持っていたと話しています」

「では市兵衛がどうにかしたと考えるのが筋道だな」

「そうです。本来ならば穿鑿所《せんさくじょ》にて激しく責め立てるところですが、それができません。獄医は、下腹に大きなしこりができていると申します。下血も止まりません」

拷問《ごうもん》は奉行所の白洲《しらす》ではなく、担当与力が牢屋敷内まで出向き穿鑿所にて行なわれる。たとえ極悪人であっても、ここで命を奪うことはできないので、必ずその場には獄医が同席した。獄医が中止を指図した場合には、与力はそれ以上の拷問による牢問いを中止しなくてはならない。

市兵衛においては、初めから拷問による牢問いを行なえる体ではなかった。

「おしなは、何と申しているのか。あの者も、五左衛門の姿を見ているはずだが」

「あの女は五左衛門が来ると、いつも別室に逃れたということです。茶など出しませんから、姿を見ることはなかったと供述しています」

岡っ引きや町役人らが三枡屋に急行したとき、おしなは店にいた。手や衣服に血がついてはいなかった。

「市兵衛と共に犯行現場にいて、風呂敷包みだけを持って裏道を使い、先に帰るということは可能です。そこで手分けして店の中を、それこそ屋根裏から縁下《えんのした》、竈《かまど》の灰の中まで調べましたが、それらしいものは出てきませんでした」

ば、いずれ取りに行くことは必定《ひつじょう》ですから、常時見張りをつけています。また共犯者が他にいるのならば、繋ぎを取ってくるはずですから、網にかかってくるものと思われます」

「店に戻る途中で、どこかに隠したということも考えられます。厳しく問い質《ただ》しましたが、おしなは店にいたの一点張りでした。気丈な女です。どこかに隠したのなら

「なるほど」

滝田はそこまで言ってから、冷めかけた番茶を飲み干した。

「そしてもう一つ、おしなについて気になることがあります」

「何だ」

「おしなは伝馬町の三枡屋へ移る前は、深川蛤町の『魚松《うおまつ》』という料理屋で仲居をしていましたが、そこは五左衛門も出入りしている店でした」

「ほう」

昨日吉利が深川での五左衛門の評判を訊いたとき、おしなはそのことを言わなかった。

「おしなは店で顔を見かけたが、それだけのことだと言っています。口を利いたこともあるが、それは料理を運んだ際の、ごくたわいのないものだということで」

「そうか。しかし気になるな。ただの偶然とは思えぬな」

「はい。おしなと五左衛門の間に、何か悶着《もんちゃく》がなかったか、今洗わせているところです」

「市兵衛の体は、快癒の見通しがあるのか」

吉利がそう問いかけると、滝田はふうとため息を吐いた。

「獄医の話では、長くは持たぬだろうということです。一日ごとに悪くなっている按《あん》配《ばい》です。今では寝たきりとなりました」

「そうか」

居酒屋での様子から察して、あり得ないことではないと考えられた。

「吟味《ぎんみ》の決着がつかぬうちに亡くなられてしまうと、この一件は不明なまま終わらざるを得ないということになります。厄介なことです」

「市兵衛にしてみれば、すべてを己《おのれ》一人が呑み込んで、死んでいこうというわけか」

「そうかもしれませんね」

「会うことはできぬか」

「少しの間でしたら」

吉利の頼みを、滝田は受け入れてくれた。

囚人《しゅうじん》の病監《びょうかん》を溜《たまり》といった。長期間牢に入っていた者や判決待ちの者でも重病になった場合は、溜に下げられた。新吉原《しんよしわら》の裏手、浅草村千束《せんぞく》と品川池上《いけがみ》道畑中《はたなか》の二箇所にあり、治療を受けることができた。しかし入牢したての者や、幕府に対する陰謀などの大逆罪《たいぎゃくざい》の場合には、溜に下げられることはなかった。

入牢してまだ数日しかたたない市兵衛は溜には下げられず、牢舎内の揚《あが》り座敷の中に一人で寝かされていた。

直参五百石以上の罪人は、他家預けとなる。揚り座敷は、五百石以下の御目見《おめみ》え以上が罪を犯した場合に入れられる獄舎だ。市兵衛は容態も目に見えて悪く、また尋問も続けなくてはならないので、特例として入れたと滝田は話した。

揚り座敷は、町人百姓が収監される大牢や無宿牢とは別の棟にあった。しんと静まりかえり、物音は何もしなかった。

市兵衛は格子の嵌《はま》った小部屋の中で、薄っぺらい布団に寝かされていた。昼間でも、日差しの届かない場所である。

「あ、あなた様はあのときの」

吉利が枕元に座り名を名乗ると、市兵衛は小さな声でそう応えた。『ひょうたん』での短い邂逅《かいこう》だったが、顔を覚えていた様子である。

　僅か五、六日の間のことだったが、聞いていた通り顔付きは見るからに衰えていた。皺が深くなり、ひと回りもふた回りも小さくなったと感じた。床《とこ》から起き上がろうとしたが、一人ではできない様子だった。

「横になったままでよい、話を伺おう」

　吉利がそう言うと、市兵衛は頷いた。

「大それたことを、してしまいました。や、山田様は、私の首を落としてくださる方ですね。ですがあなた様のお世話になる前に、私は、あの世へ旅立ってしまうかもしれません」

　腹痛のせいか、顔を歪めたままで市兵衛は言った。耳をそばだてなければ聞こえないような、かすれた声だった。

「やはり間違いなく、五左衛門を刺したのか」

「はい。無体な言葉に逆上し、とんでもないことを、してしまいました」

「おしなは、関わりがないのか」

「もちろんです。あの者は、落ちぶれ果てた私に、よくしてくれました。思いも掛けないことでした」

　累を及ぼさぬために、離縁状を持たせて三月前に女房と子供は実家に帰した。それきり何があっても、顔を見せることはなかった。奉公人も店を見限って去っていった。そういう市兵衛のもとに近寄ってきたのは、おしなだけだった。そういうことを、言いたいらしかった。

「おしなの父親、すなわち市兵衛殿の弟ごは、七年前に亡くなったそうだが」

「そ、そうです。俣次郎といいました。母親が甘やかして育てたからでしょうか、どうしようもない遊び人でした。米の騰貴《とうき》を見込んで、一攫千金《いっかくせんきん》ばかりを追っている仲買人でした。そのために拵《こしら》えた多くの借金を、私は何度も立て替えさせられました。そのたびに怒鳴りつけ、殴《なぐ》りつけましたが、金に困るとヘラヘラと笑って、私のところへやって来ました。仕舞いには、何もやらずに追い返しました」

腹痛が常に襲ってくるらしかったが、市兵衛はおしなのことから、過ぎた日のことを思い出した様子だ。

「俣次郎が地廻り同士の喧嘩騒ぎの中で、刺されて死んだと聞いたときには、正直ほっとしたものでした。私は俣次郎を、家の恥《はじ》さらしだと思い、憎《にく》んでさえいましたから ね。ですから十五のおしなが、行く場のない身になっても、私は引き取らなかった。坊主憎けりゃ袈裟《けさ》まで憎いの喩《たと》え通り、あの子には伯父としての情を、感じていなかった。知り合いの神田にある両替屋の元へ、女中奉公に出しました。もちろん私が、後見人にはなりましたが」

「おしなが、伯父ごである貴公を恨んでいると思っていたのか」

「そうですね」

市兵衛は薄く笑った。そしてまた少し、顔を歪めた。

「弟は、私に金を借りに来るとき、必ずといってよいほど、おしなを連れてきた。情にほだそうとしたんでしょうね。私はそれが不快で、知らんふりをした。頭を撫《な》でてやることも、飴《あめ》玉一つくれてやることもしなかった。そして娘の前で、父親を叱《しか》りつけた」

「…………」

「あの子は、そういう私を見て育ったんですよ。伯父である私に、姪としての情愛など持つわけがない。それなのに、あいつったら……」

市兵衛の目に、涙が溜まった。そしてそれが溢《あふ》れると、頰を筋になって流れた。

「一月前に店に現れたときは、私を嘲笑《あざわら》いに来たのだと思いました。でも、そうではありませんでした。実によく、具合の悪い私の面倒を見てくれました」

伯父の腕を肩にかけ、足を踏みしめながら歩いていったおしなの後ろ姿が、吉利の脳裏《のうり》に浮かんだ。

「おしなは、死んだ五左衛門と顔見知りだったはずだが、貴公は知っていたのか」

「そんなことは、知らなかった。吟味方の与力もそう言っていたが、今度のことと、あの娘とは、まったく関わりがない。私一人が、やったことだ」

声の調子が、強くなった。力を振り絞って言っているという印象だった。

「山田殿、そろそろ仕舞いにしていただけませんか」

格子の向こうから、滝田が控えめな声で言っていた。

「あい分かった。ここまでにしよう」

吉利は改めて市兵衛の顔を見た。話をしただけでも、疲れた様子だ。息を荒くしている。精彩のない青白い顔。眼窩の落ち窪《くぼ》んだ痩せ衰えた容貌。しかし胸の奥に、強い意志があるのを感じた。

おしなを守ろうという気持ちである。

市兵衛は、おしなに絡む何かを隠している。だがそれを炙《あぶ》り出すのは、容易《たやす》いことではなさそうだ。

「体をいとわれよ」

吉利は牢舎を出た。

五

小伝馬町の牢屋敷を出た吉利は、日本橋をへて広い通りを南に向かった。目指す先は京橋である。

このあたりは江戸でも指おりの繁華な場所で、大店老舗が櫛比《しっぴ》している。人通りはきわめて多く、荷車や駕籠《くつし》も勢いを出して行き過ぎてゆく。通一丁目には白木《しろき》屋呉服店が、二丁目には屈指の書肆《しょし》として知られた須原《すはら》屋や山本山《やまもとやま》と銘した茶で名高い葉茶屋の山本屋が客を集めていた。

久しぶりに薄日の差した、正午前の時間である。

高い男の笑い声が、あたりに響いた。竹の子笠を片手に撃剣《げきけん》道具を肩にした、四、五名の若侍たちである。稽古帰りの様子で、談笑しながら歩いていた。生平《きびら》の割羽織に真岡木綿《もおかもめん》の袴をはき、白足袋《たび》に黒緒の下駄《げた》、白鞘朱鞘を腰にしている。頭は月代を狭く髷《まげ》を長くした髪型で、講武所《こうぶしょ》風といわれて近頃よく見かける姿だった。

旗本御家人の次三男に武芸の稽古をさせるために、講武所が開設された。そこへ通う若者たちである。颯爽《さっそう》として見えるので、山田道場の一部の門弟たちもこの服装を真似したがった。吉豊は無骨者だから身なりに頓着《とんちゃく》しないが、次男の在吉は講武所風をさりげなく取り入れている。

京橋の町並みに入っても、繁華な様子は変わらない。米の値が高騰し、すべての物の値が上がっているとはいっても、町の様子を窺う限りは、商いは活発に行なわれていると見えた。

吉利は、お吟ら莫連娘の姿を探した。ひと働きしてもらうつもりである。

おしなは一月前に、ひょっこり現れて三枡屋へ住み込んだ。伯父市兵衛の身が気になったと話しているが、何かの企《たくら》みがあったのではないか……。

三枡屋に金を貸し、店を奪おうとしていたのは越中屋五左衛門である。この五左衛門とは、おしなは仲居として働いていた料理屋『魚松』で面識があった。

伯父の店を奪おうとしていたのが、たまたま面識のあった五左衛門だったというのではなく、五左衛門だからこそ三枡屋へ入り込んだ。吉利はそう考えたのである。

おしなの動きを、岡っ引きの手先が見張っていた。また滝田は、深川でのおしなと五左衛門の関わりについて、奉行所の手の者が探っていると話した。だがおしなは賢《かしこ》い女らしく、まだ何一つそれらしい何かを、手がかりとして捕り方に与えていなかった。

　市兵衛はおしなを庇《かば》い、すべてを己一人の身に背負って死んでいこうとしている。それならばそれで、かまいはしないではないかという気もする。だがおしなの企みを、承知の上でのことなのかどうかは分からなかった。またおしなには元々企みなどはなく、ただ伯父の身の上を案じて三枡屋へ移り住んだというのならば、それはそれでいい。ただ吉利としては、真相を知りたかった。

　十五の歳に両親を失ったおしなは、肉親の情を薄くして今日に至っている。最初の奉公先の両替屋には、市兵衛に後見となってもらっているが、その後には何の世話にもなっていなかった。女一人で生きてきたわけだが、その背後には支えとなった者がいたのではないか。

　おしなは、吉利が好いた男がいるのかと訊ねたとき、僅かだが表情を変えた。もしいるならば、その男はこの事件に関わっていると考えられた。

　それを、お吟らに探させるつもりだった。

　広い繁華な通りも、芝口橋《しばぐち》が見えるあたりで、化粧の濃い派手な身なりの娘たちを発見した。いつもならば強請《ゆす》りやたかり、美人局《つつもたせ》まがいのことをしている莫連娘たちだが、今日は道端に座り込んで、何やらしきりに口に運んでいた。

「うまい」

「こんなの食べるの初めてだ」

甲高い声を上げている。黙々と頬張っている者もいた。その中には、もちろんお吟も交じっていた。通行の邪魔だが、道行く人たちは関わりになるのを嫌がって、横目で見ながら通り過ぎてゆく。

「ほう」

吉利は驚いた。座り込んでいる莫連娘たちにではない。その娘たちの中に、吉豊の姿を認めたからである。

吉豊が菓子折《かしおり》を持ち、娘たちに振る舞っていた。

三日前に、懇意にしている越後高田《えちごたかだ》藩榊原《さかきばら》家の江戸家老から、『越《こし》の雪』という菓子が届いた。米や山芋、蓮《はす》の実を粉にしたものを砂糖蜜《みつ》でこねて木枠に入れ、蒸して作る干菓子に白雪糕《はくせっこう》というものがある。これは江戸のどこの菓子屋でも手に入るものだが、この『越の雪』は上質な粳米《うるちまい》を一粒ずつ吟味して越後の清水で洗い、臼《うす》で挽《ひ》き羽二重《はぶたえ》にしてふるう。これに輸入砂糖を混ぜて蒸籠《せいろ》で蒸したものである。

市販のものとは一味違って、口に入れると舌の上で雪のようにとけるので、この名をつけられた。

亡き妻志乃の好物の一つだったので、高田藩の江戸家老は毎年届けてくれていた。そして今年も配下の藩士が持ってきてくれた。江戸家老の気持ちはありがたかった。

さっそく仏前に供えたが、二日置いて下げてみると、甘いものを食べたがる者は山田家にはいなかった。捨てるのもいかがなものかと考えていると、吉豊が言った。

「それがしが、処分をしてまいりましょう」

持ち去っていった。甘い物好きの門弟にでも分けるのかと思っていたのだが、そうではなかった。このようなところへ運ばれ、莫連娘どもの舌の上に次々に載せられることになった。

吉豊は別に嬉しそうな顔をするでもなく、満足そうな様子も見せることなく、娘たちを眺めている。照れ臭さから気持ちを押し隠しているのかどうかは分からぬが、食べさせたいという気持ちがあったことは明らかであった。

菓子折は、見る間に空になった。

「ああ、父上」

吉利の顔を見て、吉豊は初めて恥じらいの籠った目をした。口元に浮かんだ笑いを呑み込んだ。

「ごちそうさま。ほんとに美味《おい》しかったよ」

立ち上がったお吟は、口もとに笑みを浮かべて吉利に礼を言った。目に恥じらいがある。

「この菓子を持ってきたのは、わしではない。吉豊だ。礼はそちらへ言えばよい」

吉利はお吟の殊勝な物腰に少し面くらった。

「そうだね」

お吟は、吉豊に改めて礼を言った。すると他の娘たちも口々に「うまかった」とか「また食べたい」とか礼の言葉を口にした。吉豊はちらと吉利を見てから、緊張した顔付きで頷いた。

「でも、どうしたんですかい。何かあたしたちに、やらせたいことでもあったんですかい」

お吟が言うと、吉豊も怪訝な様子で吉利を見た。市兵衛に関わる探索については、山田家の者には何も話していなかった。

「そうだ。ひと働きしてもらいたい」

吉利は、『ひょうたん』で市兵衛と出会った場面から、つい先ほど牢屋敷で見聞きしたことまでを、一通り話した。

「ふうん。じゃあ、そのおしなさんという人の、好いた男を探し出せばいいんだね」

「そうだ」

「お安いご用だよ。そんなこと」

お吟がさらりと言ってのけると、他の娘たちもそうだそうだと囃《はや》し立てた。

「その代わりさ、また美味しいものを食べさせておくれよ」

叫んだ娘もいた。

「じゃあ、さっそく行ってみよう」

お吟らはすぐにも深川へ出張るつもりらしかった。吉豊も、同道しようという気配を見せている。

「屋敷には昼過ぎになると、鑑定のための客人がある。その方は、屋敷へ戻らねばならぬぞ」

吉利が釘をさすと、吉豊は顔から表情をなくして頷いた。気持ちを抑えるとき、息子はこういう顔付きになる。

お吟らを見送った。

六

おしなは明け六つ（午前六時）前には目を覚まし、四谷天王横町《てんのうよこちょう》にある愛染院《あいぜんいん》という寺へ朝参りに行く。ここには三枡屋の代々の主人や一族が眠る墓があり、父親保次郎の遺骨もここに納められていた。市兵衛は兄弟の縁をとうに切っていたが、遺骨を引き取り、埋葬《まいそう》だけはしたのであった。

長い合掌を終えると長屋へ戻ってくるが、近寄ってくる者はいなかった。

一人分の飯を炊《た》き、食い終えると長屋の路地の掃除をする。長屋の住人とは必ず挨拶を交わすが、長話をするということはない。長屋の人たちは、おしなが捕縛された三枡屋の縁続きだと知っているので、煙《けむ》たがっているという気配だ。

掃除を終えて部屋に入ると、昼過ぎまで洗濯のとき以外は部屋から出なかった。

夜通しで岡っ引きの手先が、交代で見張っている。移り住んでからのおしなの暮らしぶりは変わらない様子なので、手先はそろそろ飽《あ》いてきたらしく、眠そうだったり怠《だ》るそうな様子だったりで気の抜けた感じがあった。

おしなは態度には出さないが、見張られていることに気付いているだろうとお吟は一日目を終えたところで言った。

二番目に年嵩《としかさ》のお新は、四名の娘を連れて深川の蛤町へ行った。料理屋『魚松』の仲居たちや、追い回しといった板前見習いの男たちに近づいて話を聞いていた。

「あの子、自分のことをあんまり喋らない子だったからね。でもあれだけの器量だったんだから、一人や二人男がいたっておかしくないだろうけどね」

仲居たちの中で、おしなに男がいたということを明確に知っている者はなかった。おしなは住み込みではなく、大川河岸にある熊井町《くまいちょう》の裏長屋から通っていた。同じ長屋の住人に聞いてみると、通ってくる男はいなかったと皆が言った。

仲居という稼業は夜が中心だから、当然長屋へ帰ってくる時間が遅くなる。たいていは町木戸の閉まる四つ（午後十時）になるかならないかの刻限だった。

「何していたか、分かりゃしないよ」

と意味ありげな口ぶりの者もいた。

ただ追い回しの若者が、深川の東はずれ三十三間堂《さんじゅうさんげんどう》の近くでおしなと男が歩いているのを見かけたことがあると話した。

「もっとも一緒に歩いていた、というだけのことだけどね。相手は二十代半ばの役者にしたいようないい男だったね。身なりかい。身なりは、堅気《かたぎ》じゃなかったね。遊び人風だったね」

じっくり見たわけではない。遠くから行き過ぎるのをちらと見ただけのことである。この程度のことは、おしなに関わる探索をしている定町廻り同心や岡っ引きも摑《つか》んでいるはずだった。

お新から指図された娘たちは、おしなと親しかった者の名を聞き出しては近づいていった。岡っ引きや同心の手先のように、奉行所の威光を笠《かさ》に着た訊き方はしない。強請りやたかりをするとき、初めは下手《したて》に出て相手の弱みを探る。ここぞというところを見つけるとそこを突いてゆくわけだが、今回は金を奪うことが目的ではなかった。

ある程度世間話をして気を許したところで、話を進めてゆく。何かがあると感じたときは、小さな言葉尻でも捕らえて、そこを聞いてゆく。それが大事だと、お吟やお新は年下の娘たちに伝えた。

おたまという娘は、莫連娘の中では十歳という最年少だ。小柄な体なので、見た目はもっと年下だと間違われる。嘗《な》められるのは悔しいから、いつもは他の誰よりも濃い目の化粧をしていた。

半年前の二月に、日本橋の北側から火が出て大火となった。それまでは鋳掛《いかけ》職人の父親と造花作りの内職をする母親、それに弟の四人で南茅場町《みなみかやばちょう》の裏長屋に暮らしていた。決して豊かとはいえなかったが、食うに困ることもなかった。ところが大火で、両親と弟をいっぺんに亡くしてしまった。

焼け跡で呆然《ぼうぜん》としているところを、お吟に拾われたのである。

寝るところと食い物を与えられ、今日まで生きてくることができた。父親も母親も、地方から江戸へ出てきた人だったので、親類などはいなかった。お吟に巡《めぐ》り会わなかったならば、自分はどうなっていたか分からないという思いがあった。

寂しくないといえば嘘になるし、これからの暮らしに不安がないわけでもない。けれども共に暮らしているのは、ふた親のいない子ばかりだった。それぞれの悲しさや寂しさを知っているから、分かち合うことができた。もちろん気の強い子もいれば弱い子もいる。姉さん風を吹かす者もいた。

ただお吟は誰にでも分け隔《へだ》てをしないから、ひねくれたり惨《みじ》めな思いをしたりすることもなかった。金がなくて食い物が買えないときは、すべての者が同じようにひもじい思いをした。

だからおたまは、この娘ばかりの仲間を大事にしたいと考えていた。一番の年少で、いろいろとしてもらうことばかりが多い。いつか皆の役に立ちたいと願っていた。

「おたま、あんたも見張りに入ってもらうよ」

おしなの見張りは交替でした。二人で一組。何か事が起こった場合、内の一人が知らせに走る。その交替の番の中に、お吟は自分を入れてくれた。一人前の扱いをされたようで、おたまは嬉しかった。

何としても与えられた役割を、きちんと果たしたいと考えたのである。

割り当てられた時は、昼四つ半（午前十一時）から暮れ六つ（午後六時）までの間。

おしなが外出すればつけることになるが、長屋に引き籠《こ》もったままならば何も起こらない。だが出かけないということはなかった。

おしなは、九つ（午後十二時）になると天王横町にある煮売り屋へ手伝い仕事に行く。長屋の大家が口を利いて、駄賃《だちん》を得るためにやっていた。

そして暮れ六つになる前に、引き上げてきた。煮付の下拵えや接客、掃除、料理の配達などもした。客はおおむね丼鉢《どんぶりばち》を手にした老若《ろうにゃく》の女たちで、昼飯時や日が落ちた後には男客もやって来た。煮付で冷酒を飲もうという手合いである。飯台などはなく、土間に縁台があるだけの店だった。

店の前に立つと、出汁《だし》の利いた醤油のにおいが漂ってくる。

おたまともう一人のおシゲという娘は、おしなの後についてここまでやって来た。

目立つ化粧などしていない。どこにでもいる小娘の衣装だ。おシゲはおたまよりも四つ年上だ。もちろん、岡っ引きの手先もついてきている。三十代半ばで前歯が一本欠けた、薄汚れた半纏姿の男だ。

娘らは煮売り屋の店先が覗《のぞ》ける、四谷大通りへの出口近くにいた。綾取《あやと》りをしたり、縄跳《なわと》びをしたりして遊んでいる。わざわざ縄を持ってきたのは、おたまだ。

見張りを始めて、今日で三日目である。代わり映えのない暮らしなので、おシゲはそろそろ退屈《たいくつ》し始めていた。

「あの人。出てきたよ」

そう言ったのはおシゲだ。言葉に興奮はなかった。どこかに投げやりな雰囲気《ふんいき》があった。手に大振りな丼鉢を持っている。出来たての蒟蒻《こんにゃく》の煮付である。見た感じでは、近場への配達らしかった。こういうことは、よくあることだった。届け物をした後は、おしなは脇目も振らずに帰ってくる。おシゲがまたかと思っても、不思議ではなかった。

八つ（午後二時）をやや過ぎたばかりの刻限だ。昼飯を食う客が引けて、店に出入りする客がほとんどなくなる頃合だ。店ではこの時間帯に、晩飯用の煮付を作る。岡っ引きの手先が、指で鼻糞《はなくそ》をほじりながらついてゆく。おたまとおシゲも、その後に続いた。

おしなは大通りに出て、四谷御箪笥町《おたんすまち》の湯屋へ行った。その二階が丼鉢の届け先らしかった。湯屋に入って行くとき、おしなはそれとなく振り返って、岡っ引きの手先がつけていることを確かめた。おたまたちがつけていることには気付いていない様子だった。

手先は、湯屋の入り口近くにしゃがみこんで、出てくるのを待っている。おシゲもさらに十間（約十八メートル）ほど離れた場所で綾取りを始めた。

おたまは、湯屋の裏手の路地に廻った。そちらにも、出入り口があるのではないかと考えたからである。湯屋の暖簾《のれん》を潜るとき、おしながちらと振り返ったことが気になっていた。そういうことが、これまではなかったからである。

ただそのことを、おシゲには言わなかった。おシゲは、年下のおたまが何か言って、それが見当違いだったりするとからかう癖があるからだった。ちょっと意地悪なところがある。

湯屋の板塀は、裏手の路地にまで続いていた。案の定、木戸口があった。燃やす木材を運び入れる裏口である。その路地からは、大通りに出なくても、北側の尾張《おわり》徳川家の上屋敷や四谷御門の先の堀に面した道に出ることができた。

ほんの少し、胸がどきどきした。そしてその木戸口からおしなが出てきたときには、叫び声を上げてしまいそうになった。

急いで近くにあった公孫樹《いちょう》の木陰に隠れた。

おしなはこれまでとは比べ物にならないくらいの早足で、尾張徳川家の屋敷の方向へ歩いて行く。おシゲに知らせなくてはと思ったが、それをすればつけることができなくなるのは明らかだと感じた。

仕方がないので、おたまは一人で追うことにした。

町地はすぐに武家地になった。武家地といってもそれほど大きな屋敷が並ぶ通りではなかった。だがしばらく歩くと、尾張家のある海鼠塀《なまこべい》のどこまでも続く幅広の道に出た。おしなは左手に曲がり、塀に沿った道を進んだ。歩みは緩めない。

いつの間にか尾張家の裏手北側に出ていた。武家屋敷といくつもの寺に囲まれた小さな町屋が現れた。薬王寺門前町《やくおうじもんぜんまち》である。大店などは一軒もない。鄙《ひな》びた茶店と、仏具を商う店。それに墓石を削る石屋があった。小振りな一軒家が並んでいる。空き地もあった。

墓石用の石置き場の先に、今にも崩《くず》れそうな古家があった。人が住んでいるとは思えない。そこへおしなは入っていった。

おたまは物陰に隠れて、建物の中に消えてゆく後ろ姿を見送った。全身がびくりと震《ふる》えたのに気がついた。収まりかけた心の臓の動きがまた激しくなっている。

「どうしよう」

呟《つぶや》いた。このまま出てくるのを待つか、それとも建物の縁下に潜り込み様子を探るかをである。おしなの男が中にいるのならば、出てくるのを待てばつけることができる。

しかし……。おたまは建物の縁下に潜り込むことにした。二人の話を、聞くことができると考えたからだ。

震える足を踏み出した。建物はすべて雨戸で閉ざされている。崩れた垣根や雑草に覆われていた。足音を立てぬように、細心の注意を払って縁側の際まで辿り着いた。蜘蛛《くも》の巣を払って、床下に潜り込んだ。狭い空間なので、腹を地べたにくっつけて、そのまま肘《ひじ》と膝を動かして前に進んだ。体が小さいのが幸いした。まだ親と暮らしていたときに、弟と近くの寺の縁下に潜り込んで遊んだことを思い出した。

微かな話し声が聞こえた。おしなの声に、男の声が交ざっていた。

耳を澄ませた。少しでも体を動かすと、柱や床板に頭や足がぶつかる。そうならないように体を硬くした。

「あんたとは、もっと早くに会いたかったよ」

おしなが言っている。猫なで声だった。

「何言ってんだ。見張りが片時も離れねえ。今日だって長居はできねえぜ」

「そりゃあ分かっているけどさ。でも『げん…ち』さん、あんたのために、私はこんなに危ない橋を渡ったんだからね」

言葉の最後が呑み込まれた。衣擦《きぬず》れの音が聞こえる。体を触りあっているのだと気付いて、おたまは手に汗を握った。

おしなが呼んだ男の名が『げんいち』なのか『げんしち』なのか、よく聞き取れなかった。『げんきち』なのかも知れないという気もした。

ちゃんと聞かなくてはと耳を澄ませた。

「もう少しの、辛抱だ。五左衛門を刺したおめえが捕らえられねえということは、いまだに市兵衛は、てめえがやったと証言を変えていねえってえことだ。あいつはおめえの罪を引っ被って死ぬつもりだぜ」

「そうらしいね。確かにあたしも、あいつが自分で五左衛門を刺したと言ったときには驚いた。出刃包丁を持ち出して越中屋を追えば、どんなに腹が痛くても、市兵衛は必ず追いかけてくると思った。あいつには、飛び切りに優しくしてやったからね。あたしが刺して、追いついたところをあいつのせいにすれば、あたしは知らんぷりができる」

「店を奪われる市兵衛には、五左衛門を殺す理由《わけ》があるからな。おめえが五左衛門から妾《めかけ》になれと言い寄られていたことは、魚松の連中だって知らねえ」

「そうだよ。だから、後ろからちょっと声をかけるだけで五左衛門は私にすっかり油断した。女の私でも、一思いに刺すことができた。市兵衛じゃあ、包丁を取り上げられておしまいさ」

「もっとも、おめえだけじゃ殺すのは無理だっただろうな。あんな肩先を刺すだけじゃな」

「だからあんたが現れて、包丁を心の臓へ刺し直したんだろ。あれはずいぶん驚いたよ」

「そうさ。五左衛門が来るとおめえから聞いていたからな。外で見張っていて、おめえを追いかけたんだ」

「でもあんただって、慌てていたじゃないか。肝心の風呂敷包みを持たないで逃げ出したんだから」

「違《ち》げえねえ。それで奪った借用証文を入れた風呂敷包みを、おめえはどこへやったんだ。三枡屋の店にはなかったようだが」

話をしている間も、衣擦れの音が聞こえる。

おたまは、口がからからに渇いているのに気が付いた。二人はとんでもないことを話している。そう考えると、つい足を動かしてしまった。

それが柱にぶつかった。

「おい。何か音がしなかったか」

「えっ」

二つの声が、おたまの胸に突き刺さった。しんとなって、様子を窺っているらしい。おたまは息を詰めた。心の臓が、激しくこだまし合っている。その音と振動が、上にいる男やおしなに伝わってしまうのではないかと怖れた。

「大丈夫だよ。岡っ引きの間抜けな手先は、湯屋へ置いてきた。今頃は慌てているはずさ」

おしなの声が聞こえた。そしてまた、衣擦れの音が戻ってきた。男と女の含み笑い、口を吸いあっている音。

「でもさ、『魚松』で市兵衛の証文を見せられたときはびっくりしたよ。五左衛門は余興のつもりだったようだけど。まさかあの生真面目な伯父が、高利の金を借りているとは思いもしなかったからさ」

「もっともそれで、市兵衛を利用して銭を手に入れる方法を思いついたんだろ」

「そうさ。あんたは期限のある博奕《ばくち》の借金を、何十両も抱えている。払えなかったら腕一本とられるくらいじゃ済まないんだからね」

「そりゃあそうだ。ありがてえと、思っているさ。それにしてもおめえは、ずいぶんと市兵衛を憎んでいたわけだな」

「当たり前じゃないか。おとっつあんだって、三枡屋の一人だった。それなのにおとっつあんが店に行くと、厄介者を見るような目で見て叱りつけ、追い返しやがった。おとっつあんが死んだときだってそうだ。あたしを両替屋へ奉公に出して、厄介払いしたんだ。どれほど悔しかったか分からない」

「その割りには、ずいぶん手厚くしてやっていたじゃねえか」

「そりゃあ、うまく使ってやろうと思っていたからさ。包丁をもって私が飛び出したとき、あいつが追いかけてこなかったら、五左衛門を刺すつもりはなかった。他の機会を狙《ねら》うつもりだった。でもうまいこと追いかけてきた。だから人気のない掘割の暗がりまで行ってから五左衛門に声をかけたんだ。あいつは私が市兵衛の姪だとは知らなかった。三枡屋の店でも顔を合わせないようにしていたからね」

「そのおかげであんなにあっさり刺されてくれたってわけだな。で、持っていった風呂敷包みはどうしたんだ」

「麴町十三丁目の裏通りに、稲荷《いなり》の杜《やしろ》があるのを知っているかい」

「知らねえが、聞けば分かるだろうよ」

「その祠《ほこら》の天井裏に押し込んだ。小さな祠だからすぐに分かるよ」

「よし。今日にも日暮れた後に、おれが取り出しておいてやろう」

「そうだね。誰かに見つけられたらと思うと、気が気じゃなかったからね」

「もう、でえじょうぶだ。案ずることはねえさ。ただ奪った借用証文だから、公《おおやけ》には金に換えられねえ。でもよ、持って行くところへ持って行けば、割り引かれるが金に換えられる」

「そうだね。これであんたは私と一蓮托生《いちれんたくしよう》ってわけさ。私を捨てようなんて思うんじゃあないよ。そしたらあんたも私の仲間だったと、奉行所へ本当のことを訴えて出るからね。博奕仲間にも狙われる」

「怖ろしい女だな。おめえは」

それきり話し声が聞こえなくなった。おしなの鼻にかかる乱れた声が聞こえてきた。

おたまは息を殺したまま、床下から抜け出た。頭や体が建物にぶつからないように気をつけた。体中が蜘蛛の巣と埃、泥にまみれているが、払うことも忘れていた。じっとしてはいられない。お吟のもとへ一目散《いちもくさん》に走った。

七

北東からの冷たい風が、裏道を抜けてゆく。夜空は雲に覆われているので、三日月がおぼろに見えるばかり。ぽつんぽつんと家の明かりが浮かんでいるが、細道には提灯を持つ人の姿は窺えなかった。あたりは闇に沈んでいる。

虫の音ばかりが、止まることなく聞こえてきた。

麴町十三丁目の稲荷社は、四十坪ほどの敷地の中に祠と鳥居が立っている。脇に小さな笹叢《ささむら》があって、風が吹くたびに葉が揺れて小さな音を立てた。

ここは五左衛門が殺された掘割の道から、三枡屋のある四谷伝馬町まで、裏道だけを使ってゆく道筋の中ほどにあった。明るいうちは子どもの遊び場にもなるが、日が落ちてしまうと行き過ぎる人はあっても、足を踏み入れて手を合わせる人の姿は見かけなくなる。

吉利は稲荷の祠の脇の笹叢の奥に、そして吉豊は稲荷社のある細道のはずれ長屋の木戸口の陰に身を潜めて、その男が来るのを待っていた。

そろそろ五つ（午後八時）どきである。

薬王寺門前町の空き家で話を聞いたおたまは、四谷御門に程近い麴町平川町にある山田屋敷へ駆け込んだ。おしなを交替で見張るには、娘たちの住む霊岸島の長屋では行き来に手間がかかる。近場の山田屋敷内の門弟の住まう長屋の空き部屋に、娘たちは移り住んでいた。

もちろん、見張りをしている間だけのことである。

「あたしも行くよ」

お吟はそう言ったが、いくら闇の中でも人が大勢いれば、おしなにこの場所を教えられた男は近づいてこないと思われた。吉利と吉豊だけが、ここまでやって来た。

暮れ六つ前からここに潜んでいたが、まだそれらしい人物の姿は現れていなかった。

深川でのおしなの暮らしぶりを洗っていたお新らは、五左衛門が深川相川町《あいかわちょう》の大川沿いに、妾宅《しょうたく》を手に入れようとしていた事実を発見していた。当主を失った越中屋では跡取りの若旦那が店を継いだ。しかし殺害されたことと、高利の金を貸していたこと、また米の買占めがそれによって明らかになり、瓦版で叩かれた。莫連娘はその騒ぎに乗じ、いつもの強請りの手口で店の出納《すいとう》に関わる手代《てだい》に近づき、妾宅の一件を聞き出した。

手代は女の名を知らなかったが、料理屋の仲居をしている者ではないかと言った。五左衛門が、「女は嫌がっているが、それを落とすのが楽しみだ」と話したのを記憶していた。妾宅には、おしなを住まわせるつもりだったと推量した。

それともう一つ。おたまが聞いた、男の『げん…ち』という名。お吟らは、さっそく聞き込みに走った。

すると深川の料理屋『魚松』に関わる者の中には、『げんいち』『げんしち』『げんきち』といった名の人物はいなかった。しかしおしなが初めに奉公した神田富松町の両替商『磐田屋』には、二年前まで『玄七《げんしち》』という手代がいたことが分かった。玄七は十二の歳から奉公して手代にまでなったが、博奕遊びが高じてとうとう店をやめさせられた。今は二十七歳。四年前まで磐田屋へ奉公していたおしなと、一つ屋根の下で暮らしていた時期が重なる。

　ただ玄七の住まいがどこかは、まだ調べきれていなかった。濃い眉《まゆ》で鼻筋の通った二枚目だそうな。深川三十三間堂付近で見かけたという、魚松の追い回しの話と一致した。

　また風が吹いた。笹叢の葉が揺れた。その笹音の向こうに足音が聞こえた。抑えた草履の足音だが、吉利の耳はそれを捉《とら》えた。

　男のもので近づいてくる。

　道に黒い影が現れた。着流し姿の町人だった。手拭いで頰被りをしている。歩みをゆるめなかった。

　そのまま通り過ぎて行く気配だったが、男は素早く周囲を見回した。そして稲荷の境内《けいだい》に足を踏み入れた。祠の前に立った。

　祠を拝むことはなかった。さらに近づき、小さな祠の戸を開けた。鈍い軋み音が響いた。中は、人一人がやっと入れるほどの大きさである。賽銭《さいせん》箱に足をかけて祠の中に上半身を押し込んだ。

　祠の天井裏を探っている。動きが止まった。何かを摑んだようだ。

　賽銭箱から飛び降りた。男は手に小さな風呂敷包みを抱えている。手で、布の上から中身を確かめた。

「これさえありゃあ、おしなには用はねえ」

男の呟きを、吉利ははっきり聞いた。開いたままになっている祠の戸には、目もくれなかった。手にした風呂敷包みを持ち直し、くるりと振り向いた。早々に稲荷から出るつもりだ。

「待て。玄七」

吉利が短く叫んだ。ぎくりとした男は瞬間体を強張《こわば》らせ、その後で振り向いた。

「な、何だ」

声が上ずっている。闇の周囲を見回す中で、笹叢から姿を現した吉利に気付いた。
一、二歩後ずさった。風呂敷包みを、胸に抱きしめている。
「その風呂敷包みは、その方が五左衛門を刺し殺した後、おしなが持ち去ったもの
だ。犯した罪状は、すでに明らかだぞ」
「な、何を言う。五左衛門殺しなど、お、おれには関わりがねえ」
「知らぬ者が、なぜわざわざそのようなものを取り出しに来た。罪状は明白だ。しか
もその方は、利用したおしなを捨てる気だ」
「う、うるせえ。あいつはすでに、五左衛門に抱かれているんだ」
「抱かれているだと」

「そうだ。あんな女」

玄七は右手で、懐に呑んでいた匕首《あいくち》を抜いた。左手は脇に挟んだ風呂敷包みを握り締めている。

腰を引いて、じりりと横に動いた。機敏な身ごなしで、喧嘩慣れしている様子だった。だがどれほどの腕自慢だったとしても、吉利の敵ではなかった。

匕首の切っ先が、少しずつ震え始めた。その動きが次第に大きくなってゆく。吉利はまだ、腰の刀に手も触れさせてはいなかった。

「ち、ちくしょう」

悲鳴とも受け取れる叫びを漏らした玄七は、道に向かって走り出した。だがそこで「わっ」と本当の叫び声を上げた。

稲荷の前の道に、男の影があったからである。二刀を腰にした若い侍だ。玄七の出現に気付いた吉豊が、出口を塞《ふさ》いだのだった。

しかしそのとき、もう一つの悲鳴が上がった。女の声である。提灯を持った中年の女が、通りがかったのであった。

それに気付いた玄七は、躊躇《ためら》わずその女に飛びかかった。一瞬のうちに匕首の切っ先を女の喉首に押し当てていた。

女が手にしていた提灯が、その勢いで飛ばされた。地に落ちるとぼうと燃え上がった。

「近寄るな。寄るとこの女の命はねえぞ」

玄七は喚《わめ》いた。吉豊は腰刀に手を添えていたが、そこで動きを止めた。女は口をぱくぱくさせるだけで声も出せない。

「どうするというのだ。逃げおおせることは、できぬぞ」

吉利は穏やかに言った。女は体を強張らせている。ろくすっぽ歩くこともできないだろう。そのような者を連れて逃げるなどということは、及びも付かないことだった。

「女から離れるのだ。そうでなければ、この若侍がその方の左腕だけを斬り落とすぞ。この者は若いが居合いの達人でな、一呼吸のうちにそれができるのだ」

言い終わらぬうちに、吉豊は身構えた。刀の鯉口《こいぐち》を切っている。脅《おど》しではない。吉豊はその腕前を持っていた。

「このやろうっ」

玄七は吉利の言葉で逆上したらしかった。女の体を、吉豊に向けて突き飛ばした。

「ひええっ」

女のかすれた悲鳴が上がったとき、玄七は掘割の道に向けて走り出していた。恐怖が足を縺れさせている。だが俊足であることは確かだった。

女の体を受け止めた吉豊は、その分だけ追うのが遅れた。玄七との間は十間ほどあった。吉利もその後ろから追った。

掘割にぶつかった玄七は、人気のない市谷御門の方向に走った。五左衛門が刺された場所にあたる。

吉豊も吉利も、足は遅くはない。しかし玄七も必死だった。なかなか差が縮まらない。市谷御門を右に見て、さらに走り続けた。堀端には町地が続いているが、どこも雨戸を堅く閉じていた。明かりを灯している家は少なかった。

ついに町屋はなくなり、武家屋敷ばかりになった。練塀が続いて、明かりは皆無になった。

徐々に距離が縮まってきた。玄七は息を切らせ始めていた。目の前に牛込御門が現れた。牛込御門は堀を跨ぐ橋になっている。水面には、明かりを灯した舟が滑ってゆくのが見えた。左手は神楽坂《かぐらざか》だ。そこには町明かりがあった。歩く人の姿もちらと見えた。

玄七はよろめいて、転びそうになった。牛込御門に向かう橋を渡ってゆく。その中ほどで、吉豊が追いついた。

「もう逃げられぬ。覚悟を決めよ」

息を切らせた玄七は、ぜいぜいと喘《あえ》いでいた。欄干《らんかん》にしがみついた。吉豊は息を切らせてはいない。

吉利もやや遅れて追いついた。二人で玄七を囲む形になった。

「おしなは、その方の博奕の借財のために、五左衛門から証文を奪おうとしたのではないのか。人を刺し、その罪を伯父になすりつけてまで、お前のような男に尽くそうとした。哀れだとは思わぬか、玄七」

「ふん。おしなは、しつこい五左衛門を嫌がっていたんだ。小判を目の前にちらつかせて、体を求めるようなことを何度もした。そしてあいつは、とうとうそれに負けて抱かれたんだ。あの米問屋を刺したのは、おれのためじゃあねえ。恨みがあったからだ」

「身勝手な言い分だな。五左衛門に抱かれたのは、お前のためだ。刺したのもそうだ。現にお前は、奪った風呂敷包みを持っているではないか」

今度は吉豊が言った。その言葉に、玄七は微かに怯《ひる》んだ。

「こ、こんなもの」

風呂敷包みを、吉豊に投げつけた。そして欄干の上に登って、立ち上がった。堀に飛び降りて逃げようという魂胆《こんたん》らしかった。堀には小舟も浮いている。

「お、おのれっ」

吉豊は走り寄ったが、玄七が中空に躍《おど》り上がった方が早かった。

だが玄七も焦《あせ》っていた。欄干の上で、足を滑らせている。体の均衡を崩したままで、闇の水面に落ちていった。

ごすんと、鈍い音がした。何かが潰れた音だ。そして体が水に落ちる音と水しぶき。

吉利と吉豊は、欄干から下を見た。一本の杭《くい》が、水面から突き出していた。これに頭か体をぶつけたに違いなかった。

身動きしない玄七の体が、水に浮いていた。

八

小伝馬町牢屋敷内の揚り座敷を、吉利は再び訪ねた。玄七が死んだ、翌早朝のことである。牢舎内の役人で、山田浅右衛門を知らぬ者はいない。牢屋同心の滝田がいなくても、かなりの無理を聞いてもらうことができた。

市兵衛は、もう布団から起き上がろうとする気力も失せているらしかった。枕元に座った吉利を、見詰め返しただけである。

眼窩はさらに窪み、皺が深くなった。顔は土気色《つちけいろ》で、白っぽい唇がかさかさに乾いている。

「五左衛門殺しの全貌が分かった。二つあった刺し傷の一つはおしながやったものだが、致命傷となった心の臓の傷は、玄七という男の仕業《しわざ》だった。奪った風呂敷包みは、裏通りの稲荷祠の天井裏に押し込んであった。店に戻る途中で、おしなが押し込んだのだ」

吉利は市兵衛の耳に顔を近づけ、ゆっくりと話して聞かせた。風呂敷包みを取り出した玄七が、堀の杭に頭を打って頓死《とんし》するまでの明らかになったすべてを、意見を交えずに伝えた。

市兵衛は、返事をしたり頷いたりすることもないまま話を聞き終えた。

「そ、そうですか。おしなは、五左衛門を刺し殺すことができなかったわけですね。それを聞けてよかった。お、おしなに、好いた男がいることは、薄々気付いていました。まさか、そういう男だとは、知らなかったが」

「…………」

「ただ、証文を奪っています。その場にいたことも、た、確かだ。事が公《おおやけ》になれば、只《ただ》では済みますまい」

耳を口元に寄せなければ聞こえないような、微かな声だった。それでも市兵衛には、辛い作業らしかった。顔を歪めていた。

「まだおしなには、玄七が死んだことを伝えていない。事の真相も奉行所には伏せている。すべては市兵衛殿の気持ちに任せるつもりで、わしはここへ参った」

昨夜の玄七の死亡は、事故として取り扱われるはずだった。遺骸の引き上げには、吉利も吉豊も加わらなかった。加われば、ここまでの成り行きを町役人に伝えなくてはならない。まずは市兵衛の気持ちを、確かめてからにするつもりだった。

「おしなは、私を、恨んでいたわけですね」

「らしいな。貴公を利用しようとしたわけだからな」

「…………」

市兵衛は目を閉じた。そしてそのまま動かない。息が途絶えてしまったのかと思ったが、そうではなかった。

目を開くと、吉利を見上げた。

「私はあの娘には、何もしてやれなかった。冷たくあしらってきた。恨むのは当然だ。にもかかわらず、この一月は落ちぶれ果てた私の世話を、よくしてくれた。たとえ下心があったとしても、それだけで、できることではなかった」

居酒屋から市兵衛に肩を貸して、一歩一歩足を踏みしめるようにして歩いていったおしなの後ろ姿を、吉利は思い出した。考えてみれば、あの姿があったからこそ、吉利はこの一件に首を突っ込んだのかもしれなかった。

「や、山田様。あの風呂敷包みを、稲荷の祠に押し込んだのは、私だということにしていただけませぬか。おしなに、今の私がしてやれるのは、それだけです」

いい終えると、また顔を歪めた。獄医は、市兵衛の命はもう長くはないと断言していると聞いている。

「承知いたした。牢屋同心に、祠の話をするがよかろう。わしは貴公の気持ちを、おしなに伝える」

「あ、ありがとうございます」

ほっとした表情が、市兵衛の顔に浮かんだ。

吉利は揚り座敷を引き取った。

その足で、四谷伝馬町のおしなの長屋へ行った。長屋の木戸には、先日と同じように、岡っ引きの手先が見張りをしていた。

　正午には、だいぶ間のある刻限である。おしなは部屋にいた。

「是非《ぜひ》にも、聞いてもらわなければならぬ話がある」

　そう言うと、おしなは頷いた。それを確かめてから吉利は土間に入り、後ろ手に戸を閉めた。上がり框に腰を下ろした。

　誰にも聞かせることのできない話である。

「玄七が昨夜、亡くなった。稲荷の祠から風呂敷包みを取り出したのを、わしらが追った。逃げようとしたあの男は、牛込御門の欄干から跳び下りたが、下に杭があった。頭を打ったのだ」

「えっ」

　初めは信じかねた様子だった。しかし真顔で話している吉利の顔から、真実だと感じたらしかった。目にすっと、涙の膜《まく》ができた。顔面が蒼白になっている。

　知り合いの娘が、おしなをつけ薬王寺門前町まで行ったこと。空き家の床下で話を聞き、吉利にまで知らせたこと。稲荷の祠でおしなを用済みだと言った玄七の言葉。牛込御門の欄干でのやりとり。すべてを包み隠さず話して聞かせた。

　おしなは瞬きもせずに、それを聞いた。

聞き終えると、長いため息を吐いた。

「玄七さんとの縁の始まりは、両替屋の磐田屋です。そのころは、私に淡い思いはありましたが、それだけのことでした。でも一年ほど前に、あの人とばったり会いました。あの人は店をやめさせられていましたが、私には優しくしてくれました」

「それで、深い仲になったわけか」

「あんなに親身になってくれた人は、他にはいませんでした。伯父の市兵衛など、比べ物になりませんでした」

「それで、金に困っている玄七を助けようと思ったわけだな」

「そうです。お金が欲しかったので、五左衛門に抱かれました。でもそれが、玄七さんは気に入らなかったのかもしれません。冷たくなりました」

声が小さくなった。俯き加減だが、話す言葉ははっきりと聞き取れた。

「お前は、あの男を繋ぎ留めたかったのだな」

「はい。五左衛門から市兵衛の借用証文を見せられたとき、あの男を殺して市兵衛のせいにできないかと考えました。私は伯父を、憎んでいましたから」

「そうらしいな」

「私は三枡屋まで、様子を見に行きました。そしたら重い病をおして、市兵衛がたった一人で、利息返済の金を作ろうとしていました。今ならば私は、店に入れると思いました。あの店は、おとっつあんが生まれて育った家ですから、憧《あこが》れがありました。でも、いずれ人手に渡ってしまいます。それまで伯父と一緒に暮らして、返済を求めに現れる五左衛門を、襲う機会を探すことにしました」

「精一杯の世話を、焼いたそうではないか」

「はい、いつの間にか……。私はあの人を恨んでいましたが、死んだおとっつあんとは、横顔がよく似ていました。瘦せてきたら、なおさらでした」

おしなは、微かな笑いを口に浮かべた。ひどく寂しげな笑いだった。

「そこでだ。わしは今、小伝馬町の牢屋敷へ行ってきた。市兵衛と会ってきたのだ」

はっとした顔を、おしなは吉利に向けた。いったん引いた涙の膜が、また目に浮かんでいた。

「伯父の腹の差込みは、どうなったのでしょうか」

おしなはまずそれを訊いた。目に、虞《おそれ》があった。実は案じていたのかもしれない。

「長くは持つまい。日ごとに、悪くなっている」

はっきり言った。隠す必要はない。

「そうですか」

また俯いた。手元をじっと見詰めている。

「すべてを、話したんですね」

「そうだ」

「では私は、奉行所へ引っ立てられるわけですね。私が利用したと分かれば、伯父は私を許さないでしょうから」

おしなは、覚悟を決めたという顔をした。寂しげだが、悔しいという表情ではなかった。

「市兵衛は、お前が五左衛門を殺せなかったことに安堵したようだ。しかし罪は罪である。重い罰が下されるのは避けられまい。そこでだ……。あの者は、奪った風呂敷包みを稲荷の祠に押し込んだのは、自分だということにしてくれと言った」

「何ですって」

「話を聞き、すべてを知った上でも、お前を守ろうということだ。それがおしなのためにできる、ただ一つのことだとな」

おしなは必死な眼差しになって、吉利を見上げた。半べその顔になっている。

「ほ、本当ですか。伯父は本当に、そう言ったのですか」

「間違いない。だからわしはここへ来る前に、あの風呂敷包みを稲荷の祠に押し込んできた。市兵衛の話を聞いた吟味与力は、これを確かめるはずだ。風呂敷包みが見つかれば、五左衛門殺しの一件は落着する。長屋の木戸口で見張っている岡っ引きの手先は、姿を消すだろう。市兵衛は弟俣次郎とは縁切りをしている。罪科が確定しても、お前には累が及ばぬからな」

　膝の上に載せたおしなの手の甲に、涙がぽたぽたと落ちた。肩を震わせている。

「親を失った私には、肉親といえば後にも先にも、一人しかいない。憎んではいたけれど、気持ちのどこかでは思っていた。そのたった一人のおじさんは、いよいよ私が窮したときには助けてくれるんじゃないかって」

　しゃくりあげながら言った。

「助けてくれるだと」

「そうです。おとっつあんは、いつも言っていました。兄貴は頑固で口うるさいが、おれが追い込まれて本当に生きるか死ぬかという瀬戸際になったときには、きっと助けてくれる。それは私も、同じことだって。市兵衛を頼れって」

　おしなの涙は止まらない。

　吉利は腰を上げた。そして腰高障子を開けてから、振り向いた。

「これからどう生きようと、お前の勝手だ。市兵衛はたった一人の姪の平安を、祈っていることだろう。それだけは忘れるな。命を賭した願いなのだからな」

歩き始めると、背後からおしなの激しく泣く声が聞こえた。


吉利は、おしなの長屋から屋敷のある平川町に戻った。すると門前に、派手な身なりの娘がしゃがみ込んでいるのに気がついた。誰かと思うと、お吟だった。

お吟は吉利に気がつくと、走り寄って来た。

「あれから市兵衛さんやおしなさんがどうなったか、気になったからさ」

一人で様子を訊きに訪ねたのだという。

「なぜ屋敷の中に入らなかったのだ」

「入ったさ、でも山田の旦那も吉豊さんもいなかった。それで吉豊さんの弟だという人が出てきて、お前のような者は来るなって言われた。けんもほろろでさ、取り付く島がなかった。まあ、こんななりしてちゃ当然だけどさ」

在吉に追い返されたようだ。だが怒ってはいなかった。僅かに寂しそうな顔をしただけである。世間が自分たちをどのような目で見ているか、この娘はよく分かっていた。

ただそれでも、濃い化粧や目に付く身なりをしないではいられない、強く激しい思いが一人一人の娘の中に籠められている。

お吟にしてもお新にしても、自ら身の上話をするようなことはない。吉利も訊ねたりはしなかった。けれども生きることへの拘泥《こだわり》と、人の情を大切にする気持ちは、幾たびかの関わりの中で、吉利にも伝わってきていた。

「では、わしと一緒に入ろう。それならば在吉も何も言えないからな。到来物の菓子があるはずだ」

不憫に思って吉利は言った。今度の一件でも、力になってもらった。顚末を話してやらなくてはと考えていた。

「いいよ、ここで話してくれれば。菓子は、皆と一緒のときに貰うからさ」

お吟は、あっさりと言った。

「そうか」

立ち話のままで、吉利は事の顚末を話してやった。

「ふーん。いろいろなことがあったんだろうけどさ、最後に優しくしてくれる伯父さんに巡り会えて、おしなさんは幸せだったね」

しんみりと言った。

「そうだな。市兵衛にしてみても、おしなが側にいたことは、救いになったことだろう」

「うん、そうだね。命懸けで守ろうとする人がいるというのは、嬉しいことだからね」

お吟は、吉利を見上げている。顔に、晴れ晴れとした笑みが浮かんでいた。

「じゃあ、これであたし行くね」

返事をしないうちに、お吟は走り出した。振り向きもしないで駆けてゆく。後ろ姿が、みるみる小さくなった。

その後ろ姿を見ながら、吉利は少しどきりとした。自分がもっと、お吟と話をしていたいと感じていることに気付いたからだった。

莫連娘

一〇〇字書評

切り取り線

購買動機（新聞、雑誌名を記入するか、あるいは○をつけてください）

□（　　　　　　　　）の広告を見て	
□（　　　　　　　　）の書評を見て	
□ 知人のすすめで	□ タイトルに惹かれて
□ カバーがよかったから	□ 内容が面白そうだから
□ 好きな作家だから	□ 好きな分野の本だから

●最近、最も感銘を受けた作品名をお書きください

●あなたのお好きな作家名をお書きください

●その他、ご要望がありましたらお書きください

住所	〒				
氏名		職業		年齢	
Eメール	※携帯には配信できません		新刊情報等のメール配信を 希望する・しない		

あなたにお願い

この本の感想を、編集部までお寄せいただけたらありがたく存じます。今後の企画の参考にさせていただきます。Eメールでも結構です。

いただいた「一〇〇字書評」は、新聞・雑誌等に紹介させていただくことがあります。その場合はお礼として特製図書カードを差し上げます。

前ページの原稿用紙に書評をお書きの上、切り取り、左記までお送り下さい。宛先の住所は不要です。

なお、ご記入いただいたお名前、ご住所等は、書評紹介の事前了解、謝礼のお届けのためだけに利用し、そのほかの目的のために利用することはありません。

〒一〇一-八七〇一
祥伝社文庫編集長　加藤　淳
☎〇三（三二六五）二〇八〇
bunko@shodensha.co.jp

祥伝社ホームページの「ブックレビュー」からも、書き込めます。
http://www.shodensha.co.jp/bookreview/

祥伝社文庫

上質のエンターテインメントを！　珠玉のエスプリを！

祥伝社文庫は創刊15周年を迎える2000年を機に、ここに新たな宣言をいたします。いつの世にも変わらない価値観、つまり「豊かな心」「深い知恵」「大きな楽しみ」に満ちた作品を厳選し、次代を拓く書下ろし作品を大胆に起用し、読者の皆様の心に響く文庫を目指します。どうぞご意見、ご希望を編集部までお寄せくださるよう、お願いいたします。

2000年１月１日　　　　祥伝社文庫編集部

莫連娘《ばくれんむすめ》　首斬《くびき》り浅《あさ》右衛《え》門人情控《もんにんじょうひかえ》　時代小説

平成21年７月30日　初版第１刷発行

著　者　千《ち》野《の》隆《たか》司《し》

発行者　竹内和芳

発行所　祥《しょう》伝《でん》社《しゃ》
東京都千代田区神田神保町3-6-5
九段尚学ビル　〒101-8701
☎03(3265)2081(販売部)
☎03(3265)2080(編集部)
☎03(3265)3622(業務部)

印刷所　堀内印刷

製本所　明泉堂

ISBN978-4-396-33520-5　C0193

祥伝社のホームページ・http://www.shodensha.co.jp/